イケメン社長を拾ったら、
熱烈求愛されてます

目次

イケメン社長を拾ったら、
熱烈求愛されてます

一

老若男女《ろうにゃくなんにょ》問わず、人に好かれることはいいことだ。

善意に対して好意を持たれるのは素直に嬉しいし、自分のしたことは間違いじゃなかったんだと思えて、自信を持つことができる。

でも、それは一般的な話であって私には当てはまらない。なぜならば……

「森作《もりさく》さん……それってもしかして、ストーカーだったんじゃないの……？」

仕事を終え、エントランスに向かって歩いている時だった。同僚で先輩社員である石田《いしだ》さんが、言いにくそうに指摘してくる。

石田さんは既婚者で、年齢は三十二歳。保育園に通うお子さんを持つ優しい先輩だ。

同じ部署にいる女性は私と彼女だけということもあり、昼時、自分の席で弁当を食べていた私に声をかけてくれたことをきっかけに仲良くなった。今では毎日一緒に昼食を取っているし、予定がなければ帰りも途中まで一緒に帰る。

「やっぱりそうだったんでしょうか……。実は私も、だんだんそうかもしれないと思うようになってきて……」

「まさか、気付いてなかったの……？」

「はあ……いや、なんというか……敢《あ》えて考えないようにしていたというか……。それに転職を決めたことで、意識がそっちにいってしまって……」

会社のエントランスを視界に入れながら苦笑する。

そう、私はとある理由で以前勤めていた会社を退職し、この会社に再就職したばかり。今日でちょうど一ヶ月が経ったところだ。

私――森作星良《せいら》、二十五歳――は、以前はアパレルショップで接客業をしていた。

勤務していたのは若者向けの服飾ブランド。レディースとメンズ両方の服を扱っており、私はレディースの販売スタッフとして働いていた。

元々そのブランドの服が好きだったこともあり、短大卒業後、新卒で採用されて店舗スタッフとなった。接客の仕事は飲食店でのアルバイト以来だったけど、お客様と話すのは楽しかったし、服を身につけた時の嬉しそうなお顔を見るのが好きだった。

その日は売り場の人手が不足していて、たまたまメンズ服のお客様の担当をした。特別変わった対応をしたわけでもないのに、ある男性客が三日と空《あ》けずに店舗に通ってくるようになった。

もちろん最初は普通に買い物をしていくだけだったし、いいお客様だと思っていた。

だけど、私が店にいないとわかると不機嫌になって帰ったり、私の出勤日を確認する電話をかけてきたりなど、どんどん行動がおかしな方向へエスカレートしていった。

そしてある日、そのお客様が大きな花束を持って店の前に立っているのを見た時確信した。

これはダメなやつだ、と。

このままではまずい、なんとかしなければと、周囲の人に迷惑をかける前に転職を決意したのだった。

「で、その、問題のあるお客様とはどうなったの？」

「最後に顔を合わせた時、辞めますって報告しました。すごくショックを受けられて、次はどこに行くのか、個人的な連絡先を教えてほしいって何度も聞かれましたけど、職場の人が間に入ってくれて教えずに済みました。それっきり顔を合わせていません」

神妙に聞き入っていた石田さんが、安堵したようにため息をついた。

「そっか、よかったわ～。まあ、ストーカーまでいかなくても、最近一方的に恋心を暴走させた結果トラブルになったとかってよく聞くじゃない？　事件になったりしたら大変よ」

「じ……事件は勘弁です……」

事件なんて言われたら、私だって怖い。

「……いまだにどうしてああなったのか、わかんないんですよ」

表情を曇らせる私を、石田さんが優しくフォローしてくれた。

「森作さん、優しいからじゃない。話しかけやすい雰囲気があるもん。でも、あんまり優しすぎるのも問題よ？　森作さんって、外見がもうすでに優しそうだから、ちょっと冷たいくらいでちょうどいいと思うわ」

石田さんが今言ったことは、過去に家族や友人からも指摘されてきたことだった。

外見に関しては自分じゃどうにもできないが、かといって接客業で意図的に冷たくするというのもなかなか難しい。

「……自分でも気を付けていたんですけど……」

いつだって、私なりにすごく気を付けてお客様と距離を取っていたし、特別扱いすることもなかった。それなのに、なぜかそのお客様は、毎日のように私の職場へ通ってくるようになってしまったのだ。

空《むな》しさの極みにがっくりと肩を落とす。

——やっぱりこれも、あれのせいだろうなあ……

そう、なぜだか私は、昔から思い込みの激しい人や、ちょっと変わった人を惹きつけてしまうらしいのだ。

そもそも、森作家の人間は、代々困ったＤＮＡを受け継いでいる。

人が良くて頼まれたら嫌と言えず、なんでも引き受けてしまう。しかもそれは顔見知りに限らず、誰に対してもという、ある意味恐ろしい性質を持ち合わせていた。

『まったく……なんでもかんでも引き受けるんだから。そのせいでうちは、常に生活が苦しかったんだよ？　私がどれだけ苦労したか……』

これは祖母の口癖。祖父は農業をしているのだが、頼まれると他人の畑の作業を手伝ったり、できた作物をタダ同然で配ってしまったりと、お人好しがすぎる人なのだ。

そこをしっかり者で実家が資産家の祖母がカバーし、どうにか破綻《はたん》することなく生活できている。

そしてそのＤＮＡは息子である父にも受け継がれていて、あれこれ引き受けるだけでなく、土地と家を売らないかという誘いに乗りそうになったり、投資の話に騙《だま》されそうになったりと何度も詐《さ》欺《ぎ》に遭いそうになっていた。

しかしこちらも、しっかり者の嫁である母と、しっかり者の祖母がどうにかそれを阻止することで事なきを得、我が家は無事に生活することができているのだ。

そんな経緯があるから、祖母や母は私と弟が子どもの頃から常にこう言っていた。

身を削ってまで人に尽くさなくていいと。

口酸っぱく言われてきたおかげで、祖父や父のようにならずに済んだ私だが、今度は別の問題が発生してしまったらしい。

どうやら私はやたらと変わった男の人に好かれやすいようなのだ。

近所でも変わり者と有名なおじさんに異常に可愛がられたり、おそらくヤクザさんと思われるがっつり入れ墨の入ったおじさんからすれ違う度に声をかけられお菓子をもらったり、などなど。

理由はわからないし、自分から話しかけにいってるわけでもない。むしろ親から散々気を付けろと釘を刺されて育ったので、人よりもそういったことには敏感だった。危なそうなものには極力近づかないようにしているにもかかわらず、向こうから私に近づいてくる。

これには祖母も母も困ったようだ。

ただ、これまで以上に周囲に気を配れ、変な人には近づくな、優しくするな。と言われ続けた結果、性質のわりにさほど危ない目には遭わずに生きてこられた。

とはいえ、露出狂の男性には何度も遭遇したし、道で怪しげなおじさんに声をかけられたことは数え切れない。

それに、今思うと学生時代の交友関係も独特だった。

『お……俺と付き合ってください！』

中学二年生の時、初めて同級生に告白をされた。字面《じづら》だけ見れば甘酸っぱくて、なんの問題もなさそうに思える。でも、告白してきた相手が若干一般人とは言いがたかった。

彼は学校でも有名な地元のヤンキーの総元締めみたいな人だったからだ。

放課後に突然呼び出されて、困惑で泣きそうになっている私に、彼は顔を赤らめて告白してきたのである。

『む……無理です……ごめんなさい……』

即答すると、相手は『だよな』とわかりやすく項垂《うなだ》れた。その姿を見た瞬間、申し訳ない気持ちでいっぱいになったけれど、彼の後ろに控えるヤンキー集団を見たらＯＫなどできるわけがなかった。

その彼とは一年生の時に同じクラスだった。あまり学校にも来ないし、たまに来れば不遜《ふそん》な態度で周囲を怖がらせる彼には、取り巻き以外、生徒は誰も近づこうとはしなかった。

でも、当時学級委員をしていた私は、相手がヤンキーだろうとなんだろうと与えられた仕事を全《まっと》うする義務があったのだ。よって、休んでいる彼の家にプリントを届けたり、テスト前には先生が教えてくれたテスト範囲を記した付箋《ふせん》をプリントに貼って届けたりしていた。おそらく、彼に告白された理由はその辺りにあるのではないだろうか。

その結果、告白を断ったにもかかわらず、中学時代は総長の好きな人だからという理由で、卒業まで謎のヤンキー集団に登下校を含めた学校生活を見守られていた。おかげで、幸か不幸かおかしな男が寄ってくることはなかった。

高校へ上がると同時にヤンキー集団との縁は切れたけれど、今度は、委員会で一緒になった学年一の秀才且《か》つ、超コミュ障で誰とも仲良くしない男子生徒に、なぜかよく声をかけられるようになった。

その男子とは特に何があったわけではなかったが、卒業間近に、突然ばかでかいぬいぐるみをプレゼントされたという思い出がある。

他にも、全く面識のない他校の男子学生に通学路で待ち伏せされたり、最寄り駅で夕方になるとギターの弾き語りをしている二十代くらいの男性に、立ち止まったわけでもないのに毎回声をかけられたり、といったことがあった。

その後女子短大に進学して、何人かの男性とお付き合いをする機会にも恵まれた。しかしどの人も表向きは普通に見えるのに、実は変な性癖があったり、理解しがたい趣味を持っていたりして、あまり普通とは言えなかった。

普通の人と恋愛がしたいと思っても、ここまでくると、もうどうやって普通の人と巡《めぐ》り会えるのかわからなくなってしまった。

「く、苦労したのね……」

簡単にこれまでのことを話し終えた頃には、石田さんの顔がさっきよりも疲れているように見える。ただでさえお疲れのところに余計に疲れるような話をしてしまい、申し訳なくなった。

「はい……でも、こうして新しい仕事に就けたので、本当に運が良かったと思ってるんです」

在職中に転職を考え、何度か職安にも通った。初めは希望する仕事がなかなか見つからなかったが、この会社の求人を見つけて、すぐに応募した。面接と適性検査を無事クリアし、今こうして採用してもらえたのだから幸運としか言いようがない。

転職した会社は、事務用品などを扱うメーカーの子会社だ。顧客のアフターサービスなどをメインに行《おこな》っているので、事務仕事だけでなく営業とメンテナンスをする作業員のフォローが多い。

でも私の担当する仕事は、直接顧客のところへ出向くことはなく、基本的に社内でのデスクワークがメイン。ここならきっと、前職のようなことは起こらないはずだ。

「そっかー。でも、うちも前任者が辞めて以来、なかなか人員が補充されなくて困ってたのよ。何度も人事に求人出してくれってかけ合ったし。だから、森作さんが入ってくれて本当に助かったわ。部署の皆も喜んでるしね」

助かっている、喜んでいる。

この言葉を聞いて、自然と喜びが込み上げてきた。私の中のお人好しＤＮＡが心から喜んでいるのがわかる。

こういう時に思う。祖母と母の教育のおかげで表には出ていないけれど、やっぱり私の体にも祖父や、父から受け継いだお人好しの血が間違いなく流れているのだと。

「そう言っていただけると嬉しいです……！　これからもよろしくお願いします」

「ぜひぜひ〜。あ、じゃあ私こっちだから。また来週ね！」

「はい。お疲れ様でした」

石田さんが普段利用している地下鉄の駅へ向かうのを、手を振って見送った。

——よーし、今日も無事にお仕事終わりっと。さて……

一人になった私は人の邪魔にならないよう、道の端っこに寄ってからスマホを取り出す。

飲食店の情報が載っているページを開き、目当ての店が今夜確実に営業していることを確認した私は、その店に向かって歩き出した。足取りは非常に軽い。

——ずっと気になってたお店に、ご飯食べに行っちゃおっと。

このところ生活費を切り詰めていたけれど、無事に転職もできたし引っ越しも済んで、ある程度経済的に見通しが立った。だから今夜は、久しぶりに外食をすると決めていたのだ。

——あー、本当に転職できてよかった——!!

母と祖母に転職して引っ越しをすると伝えたら、ものすごく心配されてしまった。転職理由も全部は話していないけど、きっとこの性質のせいだと気付いているだろう。

でも、これでやっと二人に安心してもらえる。それが何よりも嬉しかった。

そんなわけで、ささやかだが転職祝いとして、駅の近くにあるイタリアンレストランで一人ディナーを楽しむことにしたのだった。

商業ビルの中にある店に行くと、夜景の見える窓側の席に案内された。シックな内装で、インテリアはダークブラウン。少しライトを落とした中で食事を楽しむ店の雰囲気は、いかにも大人向けといった感じだ。

「ワインをお注《つ》ぎいたします」

「あっ、ありがとうございます」

手慣れた所作で給仕の男性がグラスにワインを注《つ》いでくれる。

ああ、なんて素敵なんだろう。

滅多に飲まない白ワインをたしなみながら、新鮮な野菜をふんだんに使ったサラダと、大好きなイカスミのパスタを食べる。一人だから歯が黒くなったって気にしない。締めはティラミスとコーヒー。出てくるものが全て美味《おい》しいという、最高の夜だった。

——うーん、幸せ。

転職の原因になったお客様には申し訳ないけれど、新しい環境でのスタートが上手《うま》くいってるのは、とてもありがたいし、嬉しい。

これから先も頑張ろうと、やる気が漲《みなぎ》ってくる。

お会計をして店を出ると、辺りはもう真っ暗だった。

——夜の九時か……でも、明日はお休みだし、急いで家に帰らなくてもいいかな〜。

ほろ酔いのいい塩梅《あんばい》。酔い覚ましに少し歩いて、一つ先の駅から電車に乗ろうかな。

私がふらふらと歩道を歩いていると、突然何かが足に引っかかり、蹴飛ばすような形になってしまった。

「きゃあああっ!!」

勢いよくつんのめって、どうにか地面に手を突くことで転ぶのを堪《こら》えた。せっかくいい気分でいたのに、急に現実に引き戻されてしまう。

――え、な、何？　私今、何を蹴って……

道端に段差があったのか、もしくは何か大きなものが落ちていたのか。恐る恐る振り返ったら、歩道の端っこに黒い塊《かたまり》があった。しかも、よく見るとそれは、人の形をしているではないか。

――ひ……人!?　私、人を蹴ってしまっ……

サー……と、顔から血の気が引いていく。気が付いたら、私は塊《かたまり》に向かって声をかけていた。

「す……すみません!!　大丈夫ですか!?」

青ざめながら急いで塊《かたまり》に近づく。それは、膝を抱えて丸くなっている「人」だった。

勇気を出して顔を覗き込む。こちらの問いかけに全く反応がなくてヒヤヒヤしたが、微かに口元が動いたので生きているのは間違いない。目を閉じ、スー、と寝息らしきものを立てているので、ただ寝ているだけのようだ。

ホッとした私は力が抜けて、その場にへたり込んだ。

――よかった、生きてる……!!　それにしてもこの人、なんで道で寝てるの……？

もう一度よく顔を見ると、目を瞑《つぶ》っているのは男性だ。顔は……なんだかイケメンぽい。

黒いトレンチコートを身につけているが、襟《えり》元から覗いているのは白いシャツ。中はおそらくスーツだろう。

――サラリーマン、かな。

すやすや眠っているけれど、さすがにここにこのまま放置していくことはできない。念のために、何かがあった時に駆け込める交番がどこにあるかマップで確認してから、眠っている人の肩を叩いた。

「お休み中のところ申し訳ありません。大丈夫ですか？」

声をかけてみたが、男性は微動だにしない。

どうしよう。助けを求めて周囲を見回すが、通りかかる人は皆こちらを見ようともしない。多分、ほとんどの人が道で転がっているような男性と関わりたくないと思っているのだろう。

――私だってわかってるよ……見るからに怪しげな人には関わらない方がいいって。

だけど、蹴っ飛ばしてしまったからには、放ってはおけない。もし怪我をしていたら大事《おおごと》だ。厄介なことに、私のお人好しＤＮＡが反応してしまっていた。

気が付いたら、反応がない男性の肩を手のひらで叩きながら繰り返し声をかけていた。

「起きて!!　しっかりしてください!!」

これ以上反応がなかったら、救急車を呼んだ方がいいかもしれない。

――ええと、こういう時ってどうしたらいいんだっけ。確か前職の時に訓練で習ったはず……

そんなことを考えながら、強めに男性の肩を叩いた。すると、ようやく気が付いたのか男性の口が薄く開き、徐々に目が開いていく。男性の目が開いてすぐに思ったのは、この人すごくイケメンだ、ということだった。

でもすぐに、なんでこんなイケメンが道で寝てるの⁇　という疑問に変わる。

「……え、あ……あれ……」

——よかった、起きた。

「あの。大丈夫ですか？」

「あれ……私、今まで何を……」

どうやら、どうして道で寝ていたのか覚えていないらしい。

男性が慌てて起き上がった。一応やらかしてしまったという自覚はあるようだ。

「大丈夫ですか……？　どこか具合でも悪いんですか？　救急車を呼びますか？」

救急車という単語が出た瞬間、男性の表情が変わった。

「あ、いや。体は大丈夫です、なんともないんで……ただ、足が若干痛いかな」

足が痛い。それは、きっと私のせいです。

「すみません、それは多分、私が足を引っかけて……というか、蹴ってしまったからだと思います。ごめんなさい‼」

「えっ」

すると、男性が素早く反応した。

「もしかして転ばれたんですか⁉　すみません……‼　お怪我はありませんか」

慌てた様子で私に謝ってくる。

「あ、いえ、大丈夫です。と……とりあえず、これ使ってください。なんか、髪の毛が濡れているみたいなので……」

今まで気付かなかったけれど、男性の前髪が濡れて顔に張り付いている。それが気になって、持っていたタオルハンカチを渡した。

しかし、男性はそれを手にはしたものの、使うのをためらっているようだった。

「いや……お気持ちはありがたいのですが、汚れてしまいますので……」

「差し上げます。だから気にせず使ってください。お家は近所ですか？　一人で帰れますか？」

「あ、ありがとうございます……一人で……えっと……少々酒を飲みすぎたようで……少し酔いが……」

男性が立ち上がろうとするが、すぐに体がぐらつき、尻餅をついてしまう。

——酔っ払ってたのか……

「あの、すぐ戻るので……ちょっとここで待っていてください」

自販機やドラッグストアはないかと周囲を見回す。すると、近くに薬とライトアップされた看板が見える。そこまでひとっ走りした私は、水とフェイスタオルを買って男性の元に戻った。

戻った時、男性は私があげたハンドタオルで顔を拭いていた。髪も手ぐしで整えたのか、さっきまで前髪で隠れていた目が露《あら》わになっていた。それにより、彼のイケメン度合いがえげつないことがわかった。

目は吸い込まれそうなアーモンドアイ。高く通った鼻筋と、形のいい適度な厚みのある唇と綺麗な顎《あご》のライン。

つまり、極上の顔パーツを持った超絶イケメンであると判明したのだ。

――えっ、えええええっ⁉　この人、こんなにイケメンだったの……⁉

水とタオルを持ったまま固まっていると、男性が私を見て首を傾げる。

「あ、お帰りなさい。どうかしました？」

どうかしたのは私ではない、あなたです。と喉まで出かかった。

このあまりにも綺麗な顔が露《あら》わになった途端、通りすがりに彼をチラチラ見ていく女性が増えたではないか。なんてわかりやすいんだ。

「いえ、なんでもないです……あの、これ、水とタオルです」

気を取り直して買ってきたものを彼に渡した。

「え……」

男性が綺麗な目を丸くする。その男性の顔を、まじまじと見てしまった。

なんでこんなに綺麗な顔をした男性が、道端で岩みたいになっていたのだろう。

私が心の中で首を傾げているうちに、男性は受け取った水とタオルにひどく恐縮していた。

「すみません……本当に何から何までしていただいて、申し訳ないです」

「いえ。困った時はお互い様ですから。帰りは一人で大丈夫ですか？」

「はい……近くなので……」

それを聞いてホッとした。だったら、もう一人でも大丈夫だろう。

「じゃあ、私はこれで。気を付けて帰ってくださいね」

「あっ、ちょっと待ってください!!　水とタオルの代金を……」

男性がジャケットの内ポケットからフラグメントケースのようなものを取り出す。しかし、それを手にして、「あっ」と声を上げた。

「しまった……カードと電子マネーしかない……!!」

現代あるあるだなあと、特に意外とも思わなかった。

申し訳なさそうに項垂《うなだ》れる男性を見ていると、だんだん笑いが込み上げてくる。

「いいですって。本当に気にしないでください。じゃ、私はこれで失礼します」

一礼して去ろうとすると、男性がふらつきながら慌てて立ち上がった。

「あの、せめてお名前を教えていただけませんか」

「え、はい。もりさ……」

反射的に答えそうになって、慌てて口を噤《つぐ》んだ。

――危ない、つい教えるところだった!!　こういう流れはヤバいんだった……!!

本当に、ただお礼がしたいだけなのかもしれない。でも、これまでの経験から、見ず知らずの人に名前は教えない、答えないのが正解だ。

これ以上関わらないよう、今すぐ立ち去ろう。

「ただの通りすがりです。では」

「あっ、えっ、あの……!!」

後ろで戸惑うような声が聞こえてきたけど、私は振り返らずにこの場を去った。

事情はわからないけれど、とにかくあの男性が大丈夫そうでよかった。あとを追いかけてきたりもしてこないし、特別変な人というわけではなさそうだ。

私がとった行動は、きっと間違いではない。

――うん、あの人は多分大丈夫。私、久しぶりにいいことした……！

そう思ったら転職祝いのテンションが戻ってきて、私はご機嫌で駅に向かって歩き出す。

この夜のことは、一週間もするとすっかり私の中から消え去っていたのだった。


それから二週間ほど経過したある日、我が社に大きな変化が起こった。

それは、週明け月曜の朝に恒例となっている朝礼での出来事だった。社長の口から告げられた、聞き慣れない言葉が、頭の中をぐるぐると駆け巡《めぐ》る。

「吸収合併……」

業界五位の我が社と業界三位の企業が合併し、業界二位となる新会社が誕生する。我が社は業界三位の会社に吸収合併されることになり、社名は消滅することとなった。

「やっぱりかー。噂は本当だったのね」

近くにいる石田さんがぼそっと呟く。

実は前々から吸収合併の噂はあったらしいのだが、いよいよそれが本決まりとなり、朝礼で社長から報告されたのである。

会社の名称が変わったり、いくつかの営業所の統廃合や閉鎖、他にもいろいろと変化はあるそうだが、私の勤めている部署の業務に関してはひとまずこれまでどおりと聞いて安堵した。

転職したばかりなのに勤め先がなくなってしまう、なんて事態は勘弁してほしかったから、本当に良かった。

「もー、びっくりしましたよ……！　解雇とか言われたらどうしようかと……」

昼休みにお弁当を食べながら心境を吐露《とろ》すると、石田さんが私を見て笑った。

「そうよねー。実は私もヒヤヒヤしたわ。でも、業界一位を目指しての、未来を見据えた合併だっていうし、解雇の心配はなさそうよ。それに合併先の会社、社長が代替わりしてから、すごく頑張ってるみたいで、今後うちも変わっていきそうね」

「へえ……新しい社長さんって、やり手なんですか？」

「みたいね。代替わりしてから、会社の方針とかも変わったみたいだし……おまけに、すごく若いんですって。私とそう変わらないんじゃないかな」

「そんなに若いんですか……!?」

石田さんと同じくらいっていったら、三十代前半くらい？　そんな若い人が大勢の社員のトップに立って指揮を執《と》っているなんて、全く想像がつかない。

「近いうちにここにも挨拶《あいさつ》に来るっていうし、その時に会えるわよ。といっても下っ端の私達は、直接話す機会なんてないだろうけどね」

「まあ、そうですよね〜」

合併によりやり手の若社長がトップに就任しようがなんだろうが、解雇されないんだったらなんだっていい。この時の私は、それしか考えていなかった。

数日後。新社長がうちの支店に挨拶《あいさつ》に来ることが決まった。

当日の朝は、元社長を含めた新会社の重役達が一堂に集まり、新社長を出迎えたらしい。

その後、一番広いフロアに社員全員を集め、そこに新社長がやってきた。フロアに社長が現れた途端、フロアにどよめきが起こる。

というのも、前評判どおり社長が若い上にかなりの美形だったからだ。

スーツが似合う細身の体型で長身。髪は綺麗にセットされて、きりりと凜々《りり》しい眉をしている。

ぱっちりとした目は優しそうだが、時折見せる真面目な表情からは威厳を感じる。

若い女性社員からは悲鳴に近い声が上がり、年上の女性社員もその姿に釘付けになっていた。

かくいう私も社長の姿から目が離せなくなっていたのだが、それは別の理由からだった。

——に……似てる……っていうか、まんまだ……!!

あの時は夜で周囲も暗かったたし、本人という確証はない。でも、目の前にいる男性は、あの夜、道路で岩みたいになって寝ていた男性に似すぎるほど似ている。

——いやでも……さすがに、やり手と噂される社長が、あんな醜態《しゅうたい》を晒《さら》したりする……？

業界二位に躍り出た企業の社長なら、普通に考えて、ああいったことはしない……のではないだろうか……

きっと違う。社長が酔っ払って歩道で寝っ転がったりなんかするわけがない。

心の中で可能性を否定するけど、どう見たってあの人だ。

確信と、できれば違っていてほしいという願いが、私の中でせめぎ合っている。でも私の願望が勝つ望みは、限りなく少ない。

――それに……嫌な予感がする……

根拠はない。でも、これまでの経験からいって、不安を抱《いだ》かずにはいられなかった。

「新会社の代表取締役社長に就任いたしました、松永稔《まつながみのる》と申します」

マイクを通して聞こえてきた声は、バッチリ聞き覚えのあるもの。違う人であってくれ、という私の望みは、見事に塵《ちり》となって消えた。

――やっぱり～!!　この声、あの人だよ～!!

社長の声は、間違いなくあの夜聞いた声と同じだった。

愕然《がくぜん》としながら壇上にいる社長を見つめる。

もしやあの夜のことは、黙っていないといけないやつかしら……

今度はそのことで頭がいっぱいになった。思いがけず社長の醜態《しゅうたい》を知ってしまったのかもしれないと、ドキドキしすぎて話の内容が頭に入ってこない。

「社長と言うと近づきがたいイメージを持たれがちですが、私もこの会社の一員です。立場に驕《おご》ることなく、皆さんと一緒に成長していけたらと考えております。そのために……」

社長は、あの夜とはまるで別人の如《ごと》く、すらすらと今後の経営理念などを述べていく。彼が笑顔になると周囲の社員も釣られて笑顔になる。その様子を見ると、挨拶《あいさつ》だけで社員の心を掴んでしまったようだ。

まるでこの会社に爽《さわ》やかな一陣の風が吹き込んだような、そんな明るいイメージを持つ。

「ねえ……新しい社長、いい感じだよね」

背後にいる女性社員が、近くの社員と話しているのが聞こえてきた。

「うん、顔だけかと思ったけど、話し方とかいいよね」

——確かに……いい感じだよね……

あんな場面にさえ遭遇していなければ、私の社長に対する第一印象も周囲と変わらなかったはずだ。

「私の話は以上です。それでは、皆さん今日も一日、お仕事頑張りましょう」

長々と話すのではなく、簡潔に要点だけを伝えて話は終わった。社長は周囲の役員に会釈《えしゃく》をしながら、フロアを出て行こうとする。……だが、たまたま私の近くを通り過ぎようとした時、偶然目が合ってしまった。

——ヤバッ。目が合っ……

ほんの数秒、私の体に緊張が走った。でも、きっと社長は、あの夜のことなど覚えていないだろうと思い直す。

なんせ夜で周囲は暗かったし、向こうはかなりお酒に酔っていたから、こちらの顔をしっかり見る余裕なんかなかったに違いない。

もし覚えていたとしても、きっと触れられたくないはずだ。

私は誰にも言いませんというスタンスで、平常心を保つ。

しかし、私の予想とは違い、目が合った途端社長に変化が生じた。ピタリと足を止めたかと思いきや、素早く二度見されてしまった。

社長の様子を目で追っていた社員達が、一斉にこちらへ視線を寄越してくる。私は内心の動揺を抑えて、さり気なく視線を明後日《あさって》の方向に逸らした。

「社長？」

役員らしき男性が社長に声をかけたのが聞こえる。

「すみません、失礼しました」

そっと視線を戻すと、彼は何事もなかったように前を向いて歩き出した。

ホッと胸を撫で下ろしていると、隣にいた石田さんが私を見た。

「ねえ今、社長こっち見てなかった？」

「さ……さあ……？　誰か知り合いでもいたんですかね……？　挨拶《あいさつ》も終わったことですし、戻りましょうか……」

しらっととぼけて、私は石田さんと自分の部署へ戻った。廊下に出て、念のため周囲を確認したけれど、松永社長の姿はもうなかった。

松永社長は普段、弊社を吸収した企業の本社にいるため、一支店となった我が社に来ることはほぼないと言っていい。今回は吸収合併後、初めての挨拶《あいさつ》ということでわざわざ出向いてきただけで、今後社長を交えた朝礼などは企業全体で視聴できるリモートで行うらしい。その話を聞いた私は、ますます安堵した。

――よかった……じゃあもう、社長と直接会うような機会はないのね。

きっと社長だって、あんな場面を見られて気まずいだろうし、そんな相手にわざわざ会いたくないはずだ。私も社長に、変な恩義とか感じてほしくない。

つまり、お互いにもう会わないのが一番ということだ。

「お疲れ様でした」

「お疲れ～」

定時で仕事を終え、いつものように石田さんと途中まで一緒に帰る。

――夕食は、冷蔵庫に魚の干物が入ってるから、それを焼いて、ご飯炊いて、味噌汁作って……って感じかな～。あ、途中でスーパーの特売品もチェックしていかなきゃ。

スーパーのチラシはスマホで見られるので、新聞を取っていなくても全く問題ない。いい時代になったものだ。

社屋を出てすぐの信号で立ち止まっている間、スマホを取り出しチラシのチェックをする。ふと気付くと、すぐ横に人の気配がして何気なく隣を見上げた。

そこには、綺麗な顔をしたスーツ姿の若い男性。身につけているものが上質なせいか、そこはかとなく漂《ただよ》う上流階級の匂いに、一瞬頭の中が真っ白になる。

「…………しゃ、社長っ!?」

驚きのあまり大きな声が出てしまう。当の社長は私を見下ろし、口元に「しー」と長い人差し指を当てた。

「社長なんて叫ばれたら、嫌でも目立ってしまうよ。森作星良さん。今朝、私と目が合いましたよね？」

――やっぱりあの時気付かれてたんだ……!!

ひゅっと喉が鳴った。

「……!!　な、なんで私の名前……!?」

「そりゃ社長なので。社員名簿のデータベースを見る権限はあるのです」

赤だった信号が青になった。いつもなら反射的に歩き出そうとするのに、社長が隣にいるとなぜか動けない。

「あなたをずっと探してたんですよ。あの夜、私に親切にしてくださってありがとうございました」

社長が私に向かって丁寧に頭を下げる。そんな社長を前にしてポカンとしそうになるけれど、ハッと我に返り、歩行者の邪魔にならない場所まで社長の腕を引いて移動した。

「い……いえ、そんな……お礼を言われるほどのことではないです」

「いえ。それほどのことです。あの日、私はあなたの優しさが身に沁《し》みました。それで、水とタオル代といってはなんなのですが、お礼を……」

社長が胸ポケットから財布のようなものを取り出そうとする。でも、本当に水とタオルの代金など微々たるもの。返してほしいなんて全く思っていないし、気持ちだけでじゅうぶんだ。

「ややや、いいですっ!!　本当に結構ですから」

慌てて社長の手を押し返すと、社長の表情が悲しげに歪《ゆが》む。

「それでは私の気が済みません」

「あの、本当にお気持ちだけで大丈夫です。もしかして、このためだけにわざわざここまで……？」

「はい」

にっこりする社長に、こっちは戦慄《せんりつ》が走る。

――社長にわざわざご足労いただいてしまった……!!

「却《かえ》って申し訳ないです……!!　あの、今って秘書の方は一緒では……？」

「いえ。今は勤務時間外なので誰もいません」

誰もいないの？　本当に一人なの？

――ど……どうしよう……

勝手にたらたら冷や汗を流していると、社長が今度は、財布ではなくスマホを取り出した。

「森作さん」

「はいっ」

「森作さんの個人的な連絡先を教えてもらえませんか？」

真顔で尋ねられる。

「……え？　な、なぜですか」

「知りたいからです」

「れ、連絡先を知って、どうするのでしょうか……？」

「連絡します。食事に誘いたいので」

――これって……まさか……

相手が大企業の社長ということはわかっている。けれど、私の頭には、かつて遭遇したヤバい男性達が、まるで走馬灯《そうまとう》のようにぐるぐる駆け巡《めぐ》り始めた。

『森作さん!!　こっちを見てください!!　あなたが好きなんです!!』

ごめんなさいと謝ったあと、後ろで絶叫されたのはいつのことだったか。

面倒事は困る。せっかく新しい仕事に就けたというのに、また転職する羽目になるのなんて御免被《こうむ》りたい。それだけは絶対に嫌だ。

「ごっ、ごめんなさい!!　無理です!!」

「え？」

なんで？　という顔で社長が私を見下ろしている。でも、それに構っている余裕はなかった。社長に頭を下げると、私は再び信号が青に変わるや否《いな》や横断歩道を猛ダッシュで渡ったのだった。

二

「森作さん」

「……あっ、はい」

石田さんに声をかけられて、弾かれたようにそちらを向く。

「さっき頼んだデータの入力、終わってるかな。次、これを頼みたいんだけど……」

彼女の手には何冊かのファイルがある。それを見て、慌ててデスクの上を片付けた。

「は、はい。今終わったところなのですぐ取りかかれます」

「無理しなくても大丈夫よー。もしわかんないことがあったら聞いてね？」

クスッと笑う石田さんには、多分私が声をかけられるまで違うことを考えていたのがバレバレなのだろう。

——いけない、仕事中なのに……気を引き締めなきゃ。

「はい。すみません……」

手元にあったお茶を飲んで、一旦気持ちをリセットする。

私がこうも気が削《そ》がれてしまうのには理由がある。でも、それを石田さんに伝えることができないこのもどかしさ。

――だって……だって……原因がうちの新社長にあるなんて言えないよ……!!

なんとあれから三日と空《あ》けず、仕事帰りに社長が私を待ち伏せしているという、あり得ない事態が起こっている。こんな状況が続けば、誰だって仕事に身が入らなくなるはずだ。

『森作さん、連絡先を……』

『森作さん、連絡先がダメならこのまま食事でも……』

『森作さーん？』

すみませんごめんなさい。と断っているのに、社長は諦めることなく私を待ち伏せしてくる。

「そうか、この粘り強さが社長の持ち味か☆」なんて感心しそうになるけれど、そんなことを言ってる場合じゃない。

そもそも、彼は社長なのだ。仕事はどうした。まさか私に会うために、仕事を放り出してここまで来ているなんてことは……

社長の仕事は自分には関係ないと思いつつも、こう何度も待ち伏せされるとだんだん心配になってくる。

――いやいや、そんなことないよね!?　さすがにそれはないと思いたい！

かといって社長に連絡先を教えてもいいものかどうか。過去のこともあるし若干不安がある。

でも、相手は勤務先の社長なのだ。身元はちゃんとしているし、独身だということも判明している。お礼の食事くらいならいいのかもしれない。

それで社長が満足して待ち伏せをやめてくれるなら、この先ずっと逃げ続けるより全然いいのではないか……

　そう思った私は、もう少しだけ情報を得ておきたくて、ある人物に相談を持ちかけた。

「……あの、石田さん。新社長のことってどう思います？」

「え？　社長？　なんで？」

　突然の質問に、石田さんが目を丸くする。そんな彼女を前に、私はものすごく頭を働かせてもっともらしい理由を口にした。

「いや、あのほら……この前、合併先の企業に知り合いがいるって教えてくれたじゃないですか。これから先、あの社長の下で私達も働いていくわけですしね？　す、少しでも情報をと……」

「そっか。森作さんもやっぱりイケメン社長には興味があるのねえ……」

「えっ⁉　ち……違いますよ、そうじゃなくて……」

「まあまあ、誤魔化さなくても大丈夫。他の人には内緒にしておくから！」

　石田さんは就業時間まであと数分という短い時間で、友人に聞いたという松永社長のことを教えてくれた。

「とにかく真面目なんだって。学業も優秀で国内の有名私立大学を出たって聞いたわ。親が大きくした会社を自分の代でダメにするわけにはいかないって、相当頑張ってたみたい。だから周囲の役員も彼を認めていて、年齢は若いけど社長に就任するのに反対する人は誰もいなかったって聞いたよ」

　石田さんによれば、社長は本人の希望で、最初は平社員からスタートしたという。

「社長就任を誰も反対しないってことは、やっぱり人望があるってことですよね……」

「そりゃねー。じゃなかったら社長になんて推してもらえないしね。なったところで誰もついてこなかったら意味ないじゃない……若いのに何事もなく社長に就任できるってことは、相当優秀なんじゃないかな」

石田さんが真顔で頷く。そうこうしているうちに始業時間を迎えたので、彼女は自分の席に戻っていった。

残された私は今の話を聞いて、社長が人間的には全く問題ない、むしろ努力の人なのだと判断した。

行動がストレートでちょっとやりすぎなところも、真面目ゆえなのかもしれない。

私がこのまま逃げ続ける限り、きっと社長は私のところに会いに来続けるだろう。そうなったら仕事が滞《とどこお》ったり、何かと影響が出てくるかもしれない。

だから、一度だけ誘いを受けよう。

もちろん、連絡先を教えたりするのは無理だけど。

そうして私は、これまで逃げ続けてきた社長と、ちゃんと話をする決意をした。

——社長、今日も来るかなあ……

そわそわしながら迎えた終業時間。

いつものように社屋を出て周囲を見回す。でも今日は、社長の姿が見当たらない。

「来てないか……」

しかし、その数秒後、左側から「星良さん！」と名前を呼ばれて息を呑んだ。

声のした方を見ると、こっちに向かってスタスタ歩いてくる松永社長がいた。

「しゃっ……!!」

社長、と声を出しそうになり、慌てて口を噤《つぐ》んだ。こんな誰の目があるかわからないようなところで、社長だなんて言ったらえらいことだ。

彼は小走りで私のところへやってきた。

あんなに誘いを断り続けているのに、どうしてそんな笑顔で私を見るのだろう。社長を前にすると、なんだか申し訳ない気持ちでいっぱいになってしまう。

「よかった。入れ違いになってしまったかと思っていたんですよ」

「な……なんでそこまでするんです!?」

明らかに急いできた様子の相手に驚き、思わず素で返してしまった。言ってからしまった、と思ったがもう遅い。

でも、社長はそんなことを気にもとめていない様子だ。それどころか、なんだか顔が嬉しそうに見えるのは気のせいだろうか。

「すみません遅くなりました。会議が押してしまって、それでも間に合うよう急いだんですが……」

「あの、仕事は大丈夫なんですか？　吸収合併したばかりで忙しいんじゃないんですか？」

「大丈夫ですよ」

社長はあっさりとそれを否定してしまう。

「えっ……？」

「私の予定は私が決めていますし、急ぎの仕事は全て片付けてから来ています。まあ、ここに来るために調整していると言った方が早いか。あ、でも仕事が残っていたらまた社に戻りますよ。役員は年俸制で残業代はつきませんからそのあたりはご心配なく」

その美しい顔をキラキラ輝かせながら、社長が私に微笑みかける。

素直にそうなんだ、と頷きかけて違うと我に返った。そもそも私が言いたかったのはそんなことじゃない。

「あの、社長……」

「うん？」

社長が優しい表情で私が喋《しゃべ》るのを待っている。とりあえず、この人にこれまで私がしてきた失礼を謝罪しなくてはいけない。

私は肩にかけていたバッグを体の正面で持ち直し、彼と真っ直ぐ視線を合わせた。

「これまで失礼なことばかりして、本当に申し訳ありませんでした」

頭を下げてから体を元に戻すと、なぜかきょとんとしている社長がいた。

「ん？　なんで謝られてるのかな？」

「それは……せっかく会いに来てくださっているのに、いつも逃げてしまったじゃないですか。冷静に考えたら失礼だったと思いまして……。は、反省しています」

「反省することなど何もないですよ？　そりゃ、いきなり待ち伏せされて連絡先を聞かれたら怖いし、警戒しますよね。星良さんが逃げたくなる気持ちもわかります」

すんなり納得している社長を前にして、頭が真っ白になりかけた。

「え……じゃあ、なんで今日も私を待っていたんですか……？」

その時、会社から何人か社員が出てきたのが目に入った。このままここで社長と立ち話をしていたら、絶対に気付く人が出てきてしまう。ただでさえ社長の顔とスタイルは目立つのだ。

——ここにいるのはまずい。

咄嗟《とっさ》にそう判断した私は、社長の手首を掴んで人気《ひとけ》の無い場所を探す。

「ここにいたら他の社員に気付かれてしまいます。どこか別の場所に移動しましょう」

「ん？　別に気付かれたって構わないけど……」

「私が構います」

「そうですか……」

一瞬だけ悲しそうな顔をした社長が、すぐに私の手首を掴み直し、大股で歩き出した。

「どっ……！　どこへ行くんです⁉」

「近くの駐車場に車を停めてあるんです。車で移動しましょう」

「は……はい……」

人目を気にしなくていい車の中で話す、もしくは別の場所に移動して話をするのは問題ない。しかし、今の私にとってそれよりも気になるのは、社長に触れられていることだった。

——しゃ、社長に手首を掴まれている……!!

どちらかというと変な人ばかりが寄ってきたせいで、子どもの頃から男性というのは私にとって警戒の対象だった。それもあって、親しく触れ合ったりするのは家族か付き合った人とだけだった。

そんな私がこんな長身の、イケメンと称されるような男性に腕を掴まれて歩いているなんて。

――なんか、緊張して心臓が痛くなってきた……

「そこです」

近くにあったコインパーキングに黒い大きなＳＵＶが停まっているのが見えた。どうやらあれが社長の車らしい。私が予想していた社長の車とは、少々イメージが違った。

「お仕事の時もこの車ですか？　運転手さんとかは……」

「ん？　社用車かどうかってこと？　これは私の車です。今はプライベートですから、もちろん運転手などいません」

社長が車に触れると、ピッと音がして車のロックが解除された。素早く助手席側に回った社長がドアを開けてくれる。その動作がスマートで、とても様になっていた。

外見がいいと、こうも絵になるものかと惚れ惚れする。

「さ、どうぞ。星良さん」

「ありがとうございます……ところで、さっきからなんで名前呼びなんですか？」

前までは森作だったのに、今日はなぜか最初から星良と名前呼びだ。

車に乗り込みながら尋ねると、同じく車に乗り込んできた社長の顔が、微かに緩む。

「可愛いからです」

すぐにバタン、とドアを閉める音が聞こえてきた。

――か……可愛いって……

イケメンの社交辞令は、そうだとわかっていてもなかなかの威力がある。すごい。

勘違いしそうになるが、あくまで名前のことだ。何度も自分にそう念押しするけれど、名前であろうがなんだろうが、こんなイケメンに可愛いなんて言われたら嬉しいと思ってしまう。

「さー、どこに行きましょうか。とりあえず食事にでも行きましょうか」

「えっ。しょ、食事……ですか……」

そのつもりではいた。でも、実際にそう言われるとやはり戸惑ってしまう。

「はい。この前助けていただいたお礼に、食事をご馳走させてください」

キラキラの笑顔でお願いされた。

まだこの人に対して完全に気を許したわけじゃない。でも、このままずっと社長に会いに来させるわけにもいかない。

ここは一つ、腹を括《くく》ろう。

「わ、わかり、ました……。では、お食事だけご一緒します……」

「ありがとうございます。そんなに緊張しないで。ここを自分の家だと思ってください」

自分の車ならまだわかるけど、自分の家って。

その表現が可笑《おか》しくて、ふふふっ、と声を出して笑ってしまった。

「なんですか家って……さすがに私の部屋でも、ここよりもうちょっと広いですよ？」

社長がちらっと私に視線を送り、また正面に戻す。

「よかった、笑ってくれた。星良さんずっと怖い顔してたから」

「怖い……顔でしたか？　そんなに？」

「はい」

――やだ。私ったら、無意識のうちにそんな顔してたのね……気を付けなきゃ。

頬を手で押さえながら反省する。その間、車を駐車場から出した社長は、行き先も告げずに幹線道路を走行し始めた。

「行き先は決まってるんですか？」

「いえ、まだ決めかねているんです。星良さんの好みがわからないので」

「私ならなんでも……なんなら、ドライブスルーでハンバーガーを買って車の中で食べてもいいですし」

私の提案に、社長がクスッとする。

「せっかくだから、ゆったり座って話ができるところにしませんか。多分、星良さんも私に話があるようですし？」

「あ……実は、私がああいう行動を取っていたのには事情があるんです。もしよければそれを聞いていただけたらと」

とりあえずはちゃんと謝った。

社長は気にしていないようだけど、私が失礼な態度をとってしまったことに変わりはない。

そこで、あの日のことは私のお節介な性分のせいでしたことでもあるので、本当に恩に感じる必要はないと、社長に伝えたかった。

「事情ですか……じゃあ、私のことが気持ち悪くて逃げられていたわけではないのですね？」

「そんなことないですって……」

事情が事情なので警戒が先に立ってしまったけど、普通ならこんなイケメン社長に食事に誘われたら、嬉しいだろう。

などと思いはしても口には出さないまま、社長の選んだ店に車で向かった。

意外にも社長が選んだのは町外れの定食屋さんだった。社長が普段行くような店ならこういう店かな、と勝手にいろいろ予想していたのだが、いい意味で予想を裏切られた。

住宅街から離れているせいか駐車場が広く、社長の大きな車も余裕で停められる。

「この店は、すごいんですよ。中に入ったらきっと驚くと思います」

「そうなんですか……？」

外見は普通の定食屋。どちらかというと建物は古く、ご近所の人に愛されている大衆食堂といった雰囲気だ。

車を降りた社長が、慣れた様子でスタスタと店に向かい、暖簾《のれん》をくぐった。

「こんばんは」

社長に続いて暖簾《のれん》をくぐると、店の奥から出てきた年配の女性が「若社長、いらっしゃい」と微笑みかけてくる。本当にこの店の常連客らしい。

でも、店の女性は彼の後ろに私がいることに気付くと、大きく目を見開きわかりやすく驚いていた。

「あら。今日はお連れ様がいるの⁉　珍しいね」

社長が振り返り、私を見た。

「そうなんだ。今日は大事なお客様をお連れしたんだ。私の恩人なんです」

「いっ……⁉　いやいや、そんな大げさな‼」

慌てて否定したけれど、社長はどこ吹く風だ。そのまま店の奥の四人掛けのテーブル席に案内される。

「さ、星良さん。どうぞお好きなところに」

「……ど、どうもありがとうございます……」

こういう場合の上座ってどこ、と拙《つたな》い記憶を巡《めぐ》らせるが、焦っているせいか思い出せない。しかも、私が座らないと社長も座れないので、ますます焦る。結局、もういいや！　と適当に座った。

社長はそれを見届けてから、私の向かいに腰を下ろした。

私の席からは店内がよく見える。広々とした店内には、今は私達の他に二組の客がいる。ごく普通の食堂に見えるけど、社長の言うすごいというのはなんのことなのか。

「何が……」

すごいんですか？　と店内を見回しながら社長に尋ねようとした時、彼の言うところのすごいの意味がわかった。というのは、壁に貼られているメニューの数がすごく多かったからだ。

食堂によくある、定食メニューや丼《どんぶり》もの。そしてラーメンなどはもちろんある。しかしその他にも石窯《いしがま》ピザとか、カルボナーラとか、サーロインステーキとか、まさかのバーニャカウダといったメニューまで並んでいた。

「えっ！　え⁉　す、すごくないですかここ‼　なんかイタリアンなものまでありますよ⁉」

驚く私を見て、社長がにこにこしている。

「でしょ。私も初めてここに来た時は驚いてね。それに、味もすっごく美味《おい》しいんだ。奥さんに聞いたら、ここの旦那さんが定食とかを担当して、イタリアンの料理人だった息子さんが洋食を担当しているらしいんだよ。それでこんな感じに」

社長は相当ここに通い詰めていろいろな情報を得ているらしく、ピザを焼く石窯《いしがま》は息子さんの手作りらしいよ、ということまで教えてくれた。

「じゃ……じゃあ、私、カルボナーラを……」

「私は焼き魚定食をご飯大盛りで」

店の女性に注文をお願いして、いざ社長と向き合うことに。

「食事に付き合ってくれてありがとう。改めて、一方的に待ち伏せみたいなことをしてしまって、申し訳なく思っています。ずっと捜していた星良さんを見つけて、嬉しさのあまり気持ちが先走ってしまいました。怖い思いをさせて申し訳ありませんでした」

社長が深々と頭を下げてきた。

「い、いいえ。私も話も聞かずに、逃げてしまってすみませんでした。さっきも言いましたが、ちょっと事情がありまして……」

「その事情というのは？」

「あ、ああ……はい……実は……」

じっと私を見つめてくる社長にどう伝えようか、頭の中で文章を組み立てる。

子どもの頃から変わった感じの異性に好かれやすいこと。過去に何度かトラブルがあったこと、前の会社で押しの強いお客様に一方的に好かれた挙げ句、相手がストーカーのようになって転職したこと。ついでに森作家の持つお人好しなＤＮＡのせいで、祖父と父がトラブルに巻き込まれることが多かったため、子どもの頃から人一倍周囲に気を付けてきたこと。でも、自分もそのお人好しの血をしっかり受け継いでしまっていること。

簡単に説明しようと思っていたのに、そこそこ長くなってしまった。社長はそんな突拍子《とっぴょうし》もない話を相づちを打ちながら真剣に聞いてくれていたが、途中から表情が険しくなっていった。

怒らせてしまったのかと思って、これ以上話すのをためらいそうになる。

——……まずいかも……さすがに社長だって、自分は悪くないのにそんな理由で誘いを断られていたって知ったら、気分悪いよね……

ハラハラしながら社長の言葉を待つ。

「そうでしたか……」

聞き終えた社長が、ため息をつく。そして腕を組んだまま椅子の背に凭《もた》れた。

「星良さんの持つお人好しの血のおかげで、私は助けられたということですね……」

クスッと口元を綻《ほころ》ばせながら、社長が流し目を送ってきた。突然の色気にドキリとする。

「そ、そういうことに、なります……」

「でも、お礼に食事くらいは普通じゃないですか？　そこまで警戒しなくても」

「いえ。あまりよく知らない異性と二人きり、というのはどうしてもダメなんです」

「私の身元がわかってからもダメだったのですか？」

言いたいことはわかるが、それはそれ、これはこれだ。

「はい……社長に何かされたわけではないのに、失礼な態度だったと反省しています。でも、申し訳ありません」

もう一度頭を下げた。顔を上げると、社長が顎《あご》の辺りに手を当ててじっと私を見ていた。

「そうか……なるほどね」

「……？　何がですか？」

一人で何かを納得している様子の社長が気になって、聞いてみる。

「ああ、星良さんの、その、変わった異性に好かれやすいっていうやつ？　寄っていく男性の気持ちがわからないでもないなーと」

社長の口から出た思ってもみない言葉に、思わず問い返してしまう。

「その気持ちというのは、一体どういうものなのでしょうか」

「んー……なんか、星良さんって、そのお人好しなところが全身から滲《にじ》み出ているような気がするんですよ。あなたならこんな自分を受け入れてくれそうといいますか……。あくまで勘ですけどね。

意外と私、そういうのがなんとなくわかるんですよ」

「え。私からそんなものが滲《にじ》み出てるんですか⁉」

「もちろん目に見えるわけじゃないし、根拠も何もないんですけどね」

社長が私をじっと見つめてくる。その目がさっきよりも鋭くて、なんだか心の中まで覗かれているような気がした。ちょっとだけ怖いと思った。

「実際、あの夜、私も星良さんからそういったものを感じ取ったんです。この人はなんの裏もなく、善意だけで自分に親切にしてくれているってね」

「あの状況でそんなことがわかったんですか……？」

べろべろに酔っ払った状態で、そんなことを考えていたなんて、にわかには信じがたい。

多分、思っていたことが、そのまま顔に出てたんだと思う。嘘だ、とか信じられないなんて一言も言っていないのに、社長が「本当ですって」と念押ししてきた。

「だから善意で私に優しくしてくれた星良さんに、私も本気でお礼がしたかった。普通、あんな状態の私は、完全にヤバい奴と思われて誰も近寄ってなんかきませんし」

「まるで経験があるみたいな言い方ですが……」

「実際あるので。普通は皆さん放置ですよあんなの。声をかけてくれたのは星良さんだけです」

——えっ⁉　そうなの⁉　私だけなの⁉

しばし頭の中が真っ白になった。

あの状況は確かになかなかインパクトがあった。それは否定しない。でも、声をかけたのが自分だけという事実は地味にショックだった。

「なんで社長は……その、道路で寝ていたんですか？」

質問をぶつけた途端、社長が無言になってしまう。社長の表情もまた、言うなれば無だ。

それを見た瞬間、まずいことを聞いてしまったのかもしれないと後悔した。

「え、あの、立ち入ったことを聞いて、すみません!!　聞かなかったことにしてください……」

焦ってなかったことにしようとする私に、社長がいやいやと首を横に振って、それを引き留めた。

「そうではないんです。ではなくて……ただ話しにくいことなので。いわば自分の痴態《ちたい》を晒《さら》すわけですから」

――痴態《ちたい》。それってどういう……

今度は私が無表情になってしまった。

「そうなるに至った記憶はちゃんとあるんです。まあ、それが原因かな、と……」

どうにも歯切れが悪い。

そんなに言いたくないことなのだろうか。本気で聞かなければよかった。

社長が諦めたようにふー、と息を吐く。

顎《あご》の辺りで手を組み、こちらをじっと見つめてくる社長にごくりと息を呑んだ。

「その日、ある女性と食事をしていたんです。ですが、ちょっとしたことでトラブルというか……相手が激高《げっこう》しましてね。その対応に疲れ果てて店を出た途端、多分ですが、電池が切れてしまってそのまま寝たと思われます」

「……え。それは、実際に起きたことなんでしょうか。しゃ、社長の想像とかでは……」

「想像して話すなら、もっといい話にしますよ。今のでもじゅうぶん、人に聞かせられない醜態《しゅうたい》だと思うのですが」

「確かに」

それは全く、そのとおりだ。

「女性というのはえーと、社長の恋人ですか？」

「いいえ、違います。ただの知人です」

そこだけは妙にきっぱりと答えてきた。

「でも、知人の女性がどうしてそこまで激高《げっこう》することに……？　社長が、その女性を怒らせるような何かをしたということでしょうか……？」

こうして話している限り、社長は話し方も穏やかで、こちらの話にもちゃんと耳を傾けてくれる。

そんな風に相手を激高《げっこう》させるとは思えない。

不思議でならなくて社長を見つめていると、彼が困り顔になった。

「……まあ、相手は知人の紹介で何度か食事をしたことのある女性だったんですが、あの日、突然、私の部屋に行きたいと言い出しましてね」

「突然ですか」

社長の目が肯定するように伏せられる。

「私にはその女性と知り合い以上の関係になるつもりはなかったんです。ですので、はっきり断ったついでに、私の正直な気持ちを伝えたところ激高《げっこう》されまして」

「あ、あああ……」

「とはいえ店の中でしたから、どうにか騒ぐ彼女を落ち着かせて、店を出て女性と別れた途端、気が抜けてしまったんです。そこからの記憶がないので、多分そのまま寝てしまったんでしょう」

「……ね、寝ます？　普通あそこで……」

本人が言っているのだから事実なんだろうけれど、どうにも信じられない。私ならどんなに眠くても家までは我慢するけれど。

「私も驚きましたけどね。でも、あの時は合併の件などで連日深夜まで仕事をしていて、極限まで体が疲労していたんですよ。そんな時に、その女性が何度も会ってくれと連絡してくるものだから煩《わずら》わしくて。どうにか数時間だけ時間を作って、会うのはこれで最後にしてほしいと告げたら、あいうことになり。心身共に限界で、店の前の植え込みに座ったら……って感じ？」

て感じ？　と小さく首を傾げる社長がちょっと可笑《おか》しくて、噴き出しそうになった。

「あ、でも、お酒もだいぶ飲まれてましたよね。普段からそんなに飲まれるんですか？」

「いえ。あの夜は酒しか逃げるところがなかったんですよ」

それでもだいぶ飲みすぎてしまいましたけど。と、社長が遠い目をする。釣られて私も遠い目をしていると、注文したものが運ばれてきた。

「私はね星良さん。いろいろな意味で、あの時、あなたに声をかけてもらえて救われたんです。本当に、心から感謝しているんですよ」

「しゃ、社長……」

店員さんにありがとうと言ってから、社長が私を見て微笑んだ。

「じゃ、星良さん。温かいうちにどうぞ」

「はい、じゃあ……いただきます」

手を合わせてから添えられたフォークを持ち、早速パスタを巻き付けた。口に運ぶと、ソースはなめらかでコクがあり、非常に美味《おい》しいカルボナーラだった。

「えっ……!! これ、すごく美味《おい》しい……!!」

衝撃を受けている私の前で、料理に手をつけずにこちらを眺めていた社長が、してやったりな顔をしていた。

「ね。美味《おい》しさにも衝撃を受けるでしょ。定食も美味《おい》しいんですよ。とりわけ味噌汁がすごく美味《おい》しいのがツボなんですよね。毎日魚のアラから出汁《だし》をとっているらしくて」

嬉しそうに箸《はし》を持ち、味噌汁から手をつけた。それから手慣れた様子で魚の腹を箸《はし》で押し、綺麗に身をほぐしながら食事を進めていく。

こういう所作からして、社長の育ちの良さが垣間見える。

自分の会社の社長と今、こうして二人で食事しているというのも変な感じだ。だけど、カルボナーラが美味《おい》しすぎて、しばし社長が前にいることも忘れて食事に夢中になっていた。美味《おい》しいものはやはり温かいうちに食べたい。

「……しかし、私以外にも星良さんの良さに気付く男性がいたんですねえ……これからは気を付けないと」

食事の合間にぼそっと社長が独り言のように何かを呟いた。後半の気を付けないと、というのだけが聞こえてきて、私はそれに反応した。

「何に気を付けるんですか？」

「んー……そうですね、やはり好きなものができたら、それを全力で守るのが私に課せられた使命かな、と」

「好きなもの……趣味とかですか？」

「それもありますね」

なんとなく誤魔化されたような気がしないでもないが、それ以上は深く突っ込んで聞き出したりはしなかった。

二人ともペロリと料理を食べ終え店を出た。食事代は私がお手洗いに行っている間に社長が払ってくれていて、驚いたけれど経済的にはとてもありがたかったし、嬉しかった。

「ごちそうさまでした」

車に乗り込んでからもう一度お礼を言うと、社長は笑顔でどういたしましてと応《こた》えた。

「でもお礼をこれで済ませようなんて思ってないですよ。何か欲しいものがあれば遠慮なくどうぞ」

正直、これでもうお礼は終わりだと思っていた。欲しいものなんて問われても困る。

「いえあの、何もいらないですから。お礼は今日の食事だけでじゅうぶんですよ」

「それじゃ私の気が済まないんですよね。期限は設《もう》けませんから、何か欲しいものが浮かんだら教えてくれませんか？　これが私の連絡先です」

社長が自分の名刺を私に差し出した。

「そ……そんなこと言われても困ります……お礼はじゅうぶんしていただきましたから、もう私のところには来ないでください。お忙しいでしょうし、時間があったら体を休めていただいた方が、私も嬉しいです」

必死でそう言い募《つの》る。でも、社長には響かなかったらしい。

「そうはいきません。あなたの元へ行くのはたいしたことじゃないですし、気にしなくて大丈夫です」

――いやいやいや、全然大丈夫じゃないよ……気にするから！

「いやでも、私、転職したばかりで！　それなのに、社長と一緒にいて、もし噂とかになったら、困るんです。それじゃなくても社長は目立つし……本当に、気持ちだけでいいので!!」

「じゃあ、目立つことはしないので、あなたの連絡先を教えてもらってもいいですか？」

ダメだ。この人に何を言っても口で勝てる気がしない。それに、ここでかたくなに拒否して状況が悪化したらそれはそれで困る。

――仕方ない……

心の中で盛大なため息をつきながら、社長に連絡先を教えた。彼はスマホに私の番号を登録すると、満足そうに微笑む。

「とりあえずもう遅いので、ご自宅まで送ります。どの辺りに住んでいるのか、場所を教えてくれませんか」

「……はい」

アパートの場所を聞かれているわけではないので、住んでいる町の名前を伝えた。社長はナビに入力するでもなく、わかりました、とだけ言って車を発進させた。

「ところで、星良さん。星良さんは今、お付き合いしている男性はいらっしゃらないのですよね？」

「え、ええ……。あれ？　私、社長にそういったことを話しましたっけ？」

変な感じの異性に好かれるとは話したけれど、恋愛に関しては何も話していないはず。

聞き返したら、社長の口元がふっ、と緩む。

「いえ、星良さんは何も話していませんよ。だから今のは誘導尋問みたいなものです。上手《うま》くいきました」

「えっ！」

「ははっ。すみません。でも、優しい星良さんのことだから、きっとお付き合いしている人がいたら、私と二人で食事になんか行ってくれないはずです。なので、多分いないのだろうと予想していたんですよ」

社長の予想は当たっている。もし、誰かとお付き合いをしていたら、他の男性と二人でどこかへ行くなど考えられない。好きな人には誠実でありたいと思うので。

——しかし、まだ知り合って日も浅いのに、私のことよく見てるわね……

もしかしたら、そんな風に人をよく見る力を持っていることが、社長の地位に就く人には必要な資質なのかもしれない。自分には縁のないことなのでさっぱりわからないが、多分私より人を見る目に優れているのは確かなはず。

隣でハンドルを握っている人は、やっぱりすごい人なのだ。

横目で社長を気にしていると、ふと後部座席が目に入った。この車に乗せてもらってから結構時間が経っているが、その時初めて後部座席にあるものを見た。

ビジネスバッグやノートパソコンが置いてあるのはわかる。しかし、後部座席のヘッドレストにハンガーにかかったスーツのジャケットがかかっていたり、低反発枕のようなものと厚手の毛布が置いてあって、心の中で首を傾げた。

――なんで……毛布……？

よく女性がオフィスで膝掛けを使用するが、そういう使い方をするにはこの毛布は大きすぎるし、厚みがありすぎる。普通に寝る時に使う毛布だと思う。

「あの、社長」

無意識のうちに社長に声をかけていた。

「はい」

「もしかして、車の中で寝たりするんですか？」

「はい」

あ、なーんだ。やっぱりね。と納得しかけた。でも、待って。社長が車の中で寝るってどういう状況？　と我に返る。

「……なんで……寝る……？」

恐る恐る尋ねてみた。しかし、社長の表情は何も変わらない。

「ほら、今流行《はや》ってるでしょう？　車中泊」

「あー……なるほど。オートキャンプですね。もしかしてソロキャンプ派ですか？」

「ううん。キャンプはしない。ただ寝てるだけ」

社長の言葉にポカンとする。

——ただ寝るだけってどういうこと……？　仮眠をとるとか……？　でも、それにしては後部座席にある他のものが気になる。大きな紙袋が二つあるけれど、一体何が入っているのか。

私の中に一つの答えが出た。もしそのとおりならこの状態にも納得がいくのだが、若干信じたくないという気持ちもある。

でも、ここまできたらもう聞くしかない。私は運転中の社長の横顔を見つめた。

「あの。もしかして、社長ってこの車で生活してます？」

そんなバカな。あり得ないから。という気持ちで社長を見る。でも、私の気持ちとは裏腹に、社長の表情が少し緩んだ。

「うん。してる」

すんなり肯定されてしまい、驚きのあまり口がぱかんと開いてしまった。

——あああああああやっぱり!!

まさか。社長なんだしそんなことはないだろう、と思っていたのに、なんで⁉

「ちょっ……ちょっと待ってください‼　社長、家は⁉　家はどこですか⁉」

もしや家が遠くて、帰るのが面倒だからだったり？　と想像したのだが、現実は全く違った。

「実家のこと？　もちろんあるよ。会長である父と、母が住んでる」

「そんなことはわかってるんですよ！　そうじゃなくて、社長の家はどこかって聞いてるんです！」

思わず興奮してしまい、社長に対する話し方ではなくなってしまった。でも、今はそれより社長の家問題の方が気になって仕方がない。

さすがにこれまで冷静だった社長も、私の剣幕に驚いたようだった。さっきより瞬《まばた》きの回数が多い。

「え……？　家は……ないです。この車が私の家みたいなもので」

――家が、ない⁉

「嘘……ですよね？」

「嘘じゃないです。基本的にここで寝て、朝になったら着替えて出社します」

「え…………あの、じゃあ……お風呂とかは……」

「週に何度かジムに行くので、そこで入ったり、あとはサウナで済ませたりですかね。あ、温泉施設にもよく行きますよ」

――ちょっと待って。本当にこの人、車で暮らしてるの⁉　社長だよ⁉

「……っ、車の中で寝たら、疲れがとれないのでは……」

「うーん、でも、後部座席はフルフラットになるので、そこまで寝心地は悪くないというか……今時の車は本当によくできているので」

平然と答える社長を前に、私だけが慌てているということの状況を、まずはどうにかしなくては。

――冷静になろう。

私は一度深呼吸をして、気持ちを落ち着かせた。

「ま、まずですね、社長はいつから車で生活してるんですか？」

「えーと、新会社の社長に就任する話が出てからだから、ここ半年くらいかな。それまでは、ホテルとかで適当に暮らしてたので……」

ハンドルを操りながら社長が答えてくれる。

普通、社長がホテル生活をしていたと聞いてイメージするのは、ゴージャスなホテルでのＶＩＰな暮らし。でも、車で生活できちゃう松永社長が言うところのホテルって……

「駅の近くにあるビジネスホテルですよ。カプセルホテルもよく使います」

――やっぱり……!!

なんか、だんだんこの人のことがわかってきた気がする。

この人、自分のことに対してはとことん無頓着《むとんちゃく》なんだ、きっと。

「ちなみに……なんでこういった生活をすることになったんです？　それまではどこで暮らしてたんですか？」

「ん？　そりゃ……社長になる前は実家で暮らしていましたよ。一応長男で一人っ子なので、子どもの頃から家は自分が継ぐもの、みたいな考えがずっとあって。社会人になっても変わらず実家にいたんですが、父の後を継ぐ話が出た辺りから両親の私に対する圧が強くなって、実家で生活することが息苦しくなったんです」

「……圧、ですか？」

大企業のご子息ともなると大変なことも多いのかもしれない。それにしたって、一体どんな圧をかけられたのだろう。

「さまざまですよ。どんなに疲れていても、父と懇意にしている企業の経営者が家に来たら同席しろと強要されたり、年齢が年齢だけにそろそろ身を固めろと見合い話を持ってこられたり。それでなくとも、父と顔を合わせる度に社長になるからにはこうあるべき、という父の持論みたいなものを聞かされ続ける日々が続いていたので、もう限界だったんです。実家では落ち着けなかった」

「そうだったんですね……」

名家の子息って大変なんだな……と思った。

——超一般的な家庭出身の私には、経験のないことばかりだわ……

「もちろん全て自分にとって有益なことだというのはわかっているんです。父が一代であれだけ会社を大きくしたのは素晴らしいことだし、やろうと思ってもそう簡単にできることじゃない。経営に関すること、従業員との関係性など、父が元気なうちに教えてもらえることは全て吸収したい。そう思ってはいるんですが、いかんせん気持ちがついていかなかった。実家にいると休めなくて、そのうち、だんだん気持ちが鬱々《うつうつ》としていったんです」

「……それは、キツいですね……」

社長にとっては、常に会社と家の区別がない環境にいたのだ。いつも気を張っていて休まる時がなければ、鬱々《うつうつ》としてしまうのも仕方がないと思った。

「さすがに自分でも、このままではいけないと思いましてね。親に家を出る提案をしたんです。一人になる時間が欲しい、それが不可能なら自分は社長を継げないとね。もちろん最初は大反対されました。でも、通院していた心療内科から休養が必要だと診断されたことで渋々納得してくれました。それ以来、実家には帰らずこういった生活をしています」

理由はわかった。納得もした。でも、納得がいかないこともある。

「あのー……なんで普通にマンションとかを借りないんですか？　一人になりたいなら普通それが真っ先に浮かびません？」

おずおずと尋ねたら、社長が一瞬こっちを見てから笑った。

「よく言われますね～、それ」

「ですよね。普通に考えて、帰る場所があった方が落ち着けるじゃないですか」

「まあ、ね。初めは一応探したんですよ、これでも。でも、その時たまたま会社の近くに私の希望する条件と一致するマンションの空《あ》きがなくて。かといってあんまり遠い場所は借りたくないし。もちろん待っていれば希望の物件は見つかったんでしょうが、一日も早く家を出たい身としては空《あ》くのを待っていられなかった。だったらもうどこでもいいや、となり……」

――そこで普通、いいやってなる!?

「いやいや……いくらなんでもずっとホテルや車でってわけにはいかないでしょう。荷物だって増えるじゃないですか。それをどこに……」

「それがね。私、物欲があまりなくて。なので、今この車の中にあるものが私の所持品の全てなんですよ」

「………え？　これが……全て？」

車の中をぐるっと見回してみる。仕事で使用しているらしい黒いバッグや毛布と枕の他に、紙袋が二つ置いてある。これが全てと言われて、すぐに「はい、そうですか」なんて言えない。

「それは……さすがに嘘ですよね？」

「嘘じゃないですよ。もちろん現金は置いてませんけど。紙袋の中に私服や下着が入っているくらいかな。私、趣味もないので。学生時代のものは実家を出る時にほとんど処分してしまったし、本当になんにもないですね」

あはは～と軽やかに笑う社長を見たまま、言葉が出てこない。

ここにあるものが全てだなんて、超ミニマリストもいいところだ。

――し……信じられない……私なんかお金はないくせに、明らかに社長の数倍は私物がある。

ミニマリストに憧れはあるけれど、実際やろうとするとどの私物も思い入れがあって、捨てることができないでいるのに。

「で、でも、やっぱり車で生活するのは体調ももちろんですが、防犯上もよくないですよ。面倒でも、ちゃんとマンションを借りて住むべきです」

お節介とは思いつつ、口を出さずにはいられなくて、私なりの考えをはっきり伝える。すると、それまで平然としていた社長の顔が若干苦痛に歪《ゆが》んだ。

「んー……もちろん、そうした方がいいのはわかっています。でもね」

「なんです？」

「本気で面倒なんです」

断言されて、一瞬車内が静まり返った。

「…………た、確かに荷物を運び入れたりするのは大変かもしれませんけど、でも、それ以上に自分の部屋があるというのは安らぎで……」

「いや、荷物はないので運び入れるのはまあ、いいんです。それより、不動産屋に出向いて物件探して内見して契約して、っていう過程が、死ぬほど面倒なんです。できることならネットでこれという物件を決めて、クリック一つで即日入居みたいなのが理想でして」

この人、どれだけ面倒くさがりなの。

「そんな無茶な……」

「正直なところ、普段仕事でいろんな人と関わってるでしょう。その反動で、仕事以外では必要以上に人と関わりたくないんですよ。不動産屋に行きたくないのもそれが理由です」

さっきより低めの声が、この言葉が本心だと物語っている。心から手続きが面倒で嫌だ、やりたくない、という彼の気持ちはよくわかった。

でも、社長なんだからそれじゃいけないと思う。私はこの際、はっきりと自分の考えを社長にぶつけることにした。

「ダメですよ!! あなたは社長なんですよ⁉ もし、社員が自分の会社のトップが住所不定で車中生活をしているなんて知ったら、社長に対する印象が変わってしまうかもしれないんですよ。中にはショックを受ける人だっているかもしれません。実際、私もちょっとショックでしたし……」

「そうかな。でも、これまでも人に住まいを聞かれたらホテル暮らしで通してきたから、問題ないと思うけど。一応住所は実家になってるんで、重要な郵便物はそっちに届きますし」

間違いなく会社に届けてもらえるから、それはそれで便利なんですよ。と社長が笑う。

「でも、こんな生活は絶対に長く続かないですよ。ちゃんと休める場所がないとダメです！ 体調を崩したらどうするんですか、社長がいなくなったら困る人がたくさんいるんですよ」

「困る人？」

社長が私をじっと見つめてくる。

「もしかして、星良さんも困ってくれるの」

「……え？ ま、まあ……社員ですし……そんなことより、できるだけ早く車中泊はやめてください。この際ホテルでもいいんで、ちゃんとしたところで休んでください」

「今からホテル？ いやー……ないな」

車のインストルメントパネルの時計に目をやってから、社長が苦笑する。今の時刻は夜の八時過ぎ。別に今からチェックインしても遅いなんてことはない。

これだけ言ってもあっさり否定されると、お人好しＤＮＡを持った私だってイラッとする。

「なんでないんですか。ここから一番近い駅にもビジネスホテルはありますし……」

「だったら車でいいですよ。毛布もありますしね」

社長が親指を立てて後部座席を示す。

ああ言えばこう言う。そんな社長に言葉を失う。

――毛布って……夏はまだしも、冬はどうするの。この先もずっと、今の生活を続けていくつもりなわけ!?

「とにかく！　車はダメです！　何かあったら危ないじゃないですか」

「危ない……ですかね？　でも、車は会社の駐車場に停めさせてもらってるので、今まで特に危ないと感じたことはないかな……」

「何を言って……！」

心身共に限界で、道端で寝るような人だよ？　そんな人が今のままの生活を続けていたら、絶対に体を壊してしまう。

更に私は、ここであることに気付いてしまう。

――そういえばこの人、ここ数日私に会うために急いで仕事を片付けたって言ってたよね。なら尚更しっかりと体を休ませないといけないんじゃない!?

ちゃんと休める場所……今すぐマンションは無理だとしても、体を休める場所なら他にもあるはずだ。せめて体をちゃんと伸ばせて、防犯面でもしっかりしているようなところって……

――あ、あった。

「車で寝るくらいなら、私の部屋の方がましでは？」

考えていたことがそのまま口から出てしまう。言ってからハッとした。

——わっ、私!!　何を言って……

突拍子《とっぴょうし》もないことを言った私に、運転している社長も動揺したようだった。こっちを何度もチラ見している。

「すみません、比べるようなものじゃなかったです……」

失言に口を噤《つぐ》んでいると、しばらく車の中が無言になった。

社長が今、何を考えているのかわからない。車と私のアパートを一緒にされてムッとしているかもしれない。そう考えたら、ますますさっきの発言を後悔してしまう。

しかし、次に社長が発した言葉は、私にとって衝撃的なものだった。

「……星良さんの部屋だったら行ってみたいです」

「……へ？」

「むしろ行きたい」

無言のまま社長を見ると、ちらっとこっちを見てから意味ありげに微笑んだ。

——えっ。これ、もしかして、本気……？

「え、あの、今のはちょっと言葉のあやと言いますか……えーっと、そういう意味じゃなくて。あくまでも、体を休めてもらいたいという思いから、つい口から出てしまっただけで……しゃ、社長は、今の言葉をどういう意味だと捉《とら》えて……」

「寝かせてくれる、ってことでしょ？　もちろん、変な意味じゃなくね。毛布ならありますし、私は床があればどこでも寝られますので」

「あ……はい、そうですか……」

社長にそんなつもりがないことがわかってホッとした。

私は改まって、コホンと一つ咳払いをした。

「広くないし、ホテルのようにはいかないんですけど……」

「いいえ、星良さんの厚意に甘えるわけにはいきません」

今、完全に私の部屋に来る流れだった。なのに、意外にも社長は辞退してきた。

「え……それじゃ今夜も車で寝るんですか？」

「はい。だって、私みたいな三十男が、社員でもある一人暮らしの若い女性の家に上がり込むわけにはいかないでしょう？　私達はそういう関係でもありませんし。……まあ、間違いが起きたら全力で責任は取りますけど」

責任がどうとか言っていたような気がするけど、最後の一文がものすごい早口でよく聞き取れなかった。

「でも、忙しいのに今後もずっとそんな生活を続けていたら、体を壊してしまうんじゃないですか……？」

「んー、まあ。今のところは大丈夫なので。壊れたらその時考えますよ」

淡々と答える社長に、なんて言っていいかわからなくなる。

この人は私の勤務先の社長なのだ。大げさかもしれないけれど、この人には私の人生がかかっている。

――せっかく転職できたのに、その会社の社長が車中泊とか……ホテル暮らしとか……お風呂はサウナで済ますとか……そんなの……

私の普段は奥深いところに押し込んでいるお節介魂《だましい》が、ムクムクと顔を出してきた。

やっぱり……ダメだ。このままになんてできない。

「しゃっ、社長!!」

いきなり大きな声を出したら、社長がビクッとした。

「なっ、なんですか」

「さっき、私に何か欲しいものはないかって仰《おっしゃ》いましたよね？　あれば、いつでも連絡して構わないって」

まさかここでその権利を行使《こうし》するとは思わなかったのだろう。社長が思い出したように「そうでしたね」と同意する。

「もちろん。なんだっていいですよ。欲しいものが見つかったんですか」

「私の部屋でゆっくり休んでください」

社長の目が大きく見開かれた。そのタイミングで信号にぶち当たったので、停車した途端、社長がその見開いた目で私を見てくる。

「いや、あの……星良さん、それは……」

「さっき私の部屋だったら行ってみたいって言いましたよね？」

「ですが、星良さん。私、一応男ですよ」

一応どころではない。めちゃくちゃ男の人だと認識している。でも、そんなことは承知の上だ。

「わかっています。それでも、社長がこのまま車中泊するのを見逃すわけにはいきません。この際男性という部分は敢《あ》えて目を瞑《つぶ》ります。お願いですから、私の部屋で休んでください」

「でも……」

まだ首を縦に振らない社長に、もどかしい気持ちでいっぱいになる。こうなったら交換条件を持ち出すしかない。

――じゃあ、これならどうだ！

「私の部屋で休んでくれるなら、私も社長が新しい部屋を探すお手伝いをします。ですから……」

これに社長が反応した。

「私の部屋探しを星良さんが手伝ってくれるんですか？」

「はい」

「そうですか……」

そう言ったきり社長が無言で考え込んでしまう。

いけるかなと思ったけど、これだけじゃ弱かったかな。

私まで悩み始めた時だった。

「星良さん」

「はいっ」

「では……お言葉に甘えて、しばらく星良さんのところにご厄介になります」

「ん？　しばらく……？」

社長の言葉が気になり、真顔で聞き返す。

私の部屋に泊まってくれというのは、今夜だけのつもりだったのだけれど。

「マンション探しを手伝ってくれるのでしょう？」

「え、あ、はい……そ、うです、そうでした」

改めて言われて、確かにそうだと思った。マンション探しは一日じゃ終わらない。それに、私の部屋で一晩過ごして、その後また車中生活に戻ってしまっては元《もと》の木阿弥《もくあみ》だ。

とりあえず私のアパートにいれば、社長は車中泊をすることなく、普通の部屋でゆっくり休むことができる。

そう思うと、激しく安堵した。

「はい、ぜひ……!!」

はー……と大きく息を吐き出す。そんな私を、社長が不思議そうに見てくる。

「それにしても、星良さんは本当にお人好しですねえ……私のような家なし三十男を拾って、自分の部屋に住まわせようなんて。変わってると言われませんか」

「……それを言ったら、社長なのに家がなくて車中泊してる人の方がよっぽど変わってます……」

――つまり、私達はお互い変わっているということです……

多分思っていることが一緒だったのだろう。社長も私も、このあとしばらく無言になった。

社長が運転する車は、迷うことなく私が住む町にやってきた。目的地のアパートはすぐ近くだ。

私が住むのは、築五年の二階建てアパート。一階がまるまる大家さんの自宅になっていて、二階にワンルームが四部屋ある小さなアパートだ。

大家さんは年配のご夫婦で、入居の挨拶《あいさつ》に伺った時はご夫婦で対応してくれた。笑顔が優しくて、少し両親に似ている気がして勝手に親近感を抱《いだ》いている。

向こうも私が娘さんと同い年らしく、入居以来顔を合わせると家庭菜園で作っている野菜をくれたり、旅行のお土産《みやげ》をくれたりと、とてもよくしてもらっているのだ。

「すみません、アパートには駐車場がないので、車をどうするかなんですけど……」

「適当に近くの駐車場を探しますよ。そこまで星良さんに面倒はかけられません」

そんな風に言ってもらえるのはありがたいのだが、コインパーキングに長時間車を停めるとなると、料金がえらいことになってしまいそうだ。

そこで私は、アパートに入居した時の大家さんの言葉を思い出した。

「そうだ。困ったことがあればいつでも相談してくれって、大家さんに言われてました……！」

「え。相談しちゃうんですか」

いい案だと思ったのに、なぜか社長は複雑そうな顔をした。

「はい。大家さんは顔の広い方なので、どこかいい駐車場を紹介してくださると思うんです」

これまで交わした会話の内容を思い返すと、大家さんはここに住んで数十年と話していた。ならば、近隣にある駐車場なども知っているかもしれない。

「けど、大家さんに事情を話すということは、これから星良さんが部屋に男を泊めますと伝えるようなものですよ？」

社長からの指摘に、あっと声を上げそうになった。

――しまった……！　そこまで考えてなかった……！

「そ、そうですね……確かに自分から進んで言うようなことじゃありませんでしたね……」

いい案だと思ったのにな、とため息をこぼす。

「星良さん。やっぱり大家さんに聞いてみましょうか」

「ええっ!?」

「その代わり、私に話を合わせてください。ちょっとだけ脚色するので」

「わ、わかりました……」

脚色って、何を言うつもりなのだろうか。不安になったけれど、最初に言い出したのは自分なので詳しくは尋ねなかった。

車がアパート兼大家さんのご自宅前に到着した。他の車の邪魔にならないよう、なるべく端に寄せて車を停め、二人で大家さんの家に向かう。

「じゃあ、まず私が社長を紹介しますね。えーと、なんて言って紹介したらいいかな……」

「その辺りは私がするから、任せて」

「え？　はい。じゃあ、お任せします……」

どんな風に説明するのか気になった。けれど、確かに私より社長の方が上手《うま》く説明できそうなので、私は黙って大家さんの家のインターホンを鳴らした。

数秒後。はーい、とインターホン越しに声が聞こえてきた。私が名前を言うと、すぐに奥さんが玄関まで出てきてくれた。

「あら、森作さん。こんな時間に珍しいわねえ、どうしたの？」

「夜分に申し訳ありません……！　実は事情があって、しばらくの間、知人を部屋に泊めることになりまして……」

「知人？」

奥さんがきょとん、とする。その時、スッと社長が私の前に出てきた。

「はじめまして。森作さんとお付き合いさせていただいてます、松永と申します」

「おつっ」

驚いている私に気付かないほど、奥さんの目は社長に釘付けになっている。そりゃ、いきなりこんな美丈夫《びじょうぶ》が目の前に現れたら度肝を抜かれるだろう。気持ちはわかるけど見すぎ。

「えっ、えっ？　今、森作さんとお付き合いって……えええええ!?」

「はい。いつも彼女がお世話になっております。あ、一応名刺をお渡ししておきますね」

社長がポケットからカードケースを出し、そこから引き抜いた名刺を奥さんに差し出した。それを無言で受け取った奥さんが、書かれている肩書きを見て目を丸くする。

「えっ……この会社って、あの……しかも、代表取締役社長⁉」

「まだ就任したばかりのひよっこです。それでですね、大家さん。実は、ご相談したいことがありまして」

私が呆気にとられている間に、社長は大家さんとどんどん話を進めてしまう。

社長が話し始めたのは私との関係について。驚くことに、同じ会社の社長と社員という関係での秘めた恋という設定だった。

付き合いたてでいつでもお互いのことを想っているのに、会社で会っても周囲の目を気にして話をすることもできないうえに、自分は社長職で多忙。そのため、少しでも時間があれば私に会いにここへ来たい。だからこの近くに駐車場を探しているのですが、どこかご存じないでしょうか、と。

「まあ……秘めた恋なのね‼ そうよね、社長と社員だと周囲の目もあるでしょうし……‼ でも、それを乗り越えて愛を成就《じょうじゅ》させたのね……！ よく頑張ったわね、森作さん‼」

「え、あ？ はい……」

奥さんの目がやけにキラキラしている。そういえば最近悲恋ものの韓流《はんりゅう》ドラマにハマってるって言ってたから、そのせいかもしれない。

「そういう事情だったら、うちの駐車場に停めていいわよ～。すぐそこのガレージ」

「えっ。い、いいんですか」

「もちろんよ。うちのガレージは三台分あるんだけど、停める車は一台しかないの。子どもも当分来ることないし、松永さんは大企業の社長さんで身元がしっかりしてるから全く問題ないわ。いつでもいいわよ！　それにしても森作さん、社長さんとこのまま上手《うま》くいくといいわねえ……社長との恋だなんて、ドラマみたいじゃない〜」

いいわあ……とうっとりしている奥さんは、完全に社長の話を信じてしまったようだ。

「ありがとうございます。では、お言葉に甘えさせていただきますね。もちろん、お世話になるからにはそれ相応のお礼もいたしますので」

「そんな、いいわよ〜!!　気にしないで〜」

社長と話している奥さんが、とても嬉しそうだ。まあ、これだけのイケメンを前にしたらそうなるのも無理はないが……

「じゃあ、そろそろ行こうか、星良さん」

私に微笑みかける社長に釣られて、私も笑みを返す。でも、あんまりこういうことに慣れていないので、ちょっと引きつってしまったかもしれない。

私は改めて奥さんにお礼を言い、玄関のドアを閉めた。許可をもらえたので早速大家さんのガレージに車を停めさせてもらう。

――まさか、こんなにあっさり大家さんを納得させちゃうなんて……

感心しながら社長を部屋に案内する。荷物が少ないと言っていたものの、本当に少なくてびっくりした。だって、社長が手にしているのは一泊旅行に行くようなボストンバッグ一つだけなのだから。

私の部屋は階段を上がってすぐ左側にある。

「ここです、どうぞ」

解錠して先に部屋に上がり、社長を招き入れた。私の部屋はワンルームだけど、キッチンが部屋の外にあるタイプで独立している。そのため、キッチンと部屋の境目には引き戸が付いていて仕切れるようになっているのだ。

ここは家賃のわりには広めのワンルームだから、寝る時は私がキッチンに移動し、引き戸を閉めてしまえばなんとかなるだろう。

「誘っておいて今更ですが、狭いですよね……すみません」

私の部屋の中心辺りに立ち、興味深そうに室内を見回している社長に謝った。

「いいえ。車に比べたらすごく広いじゃないですか。いいお住まいですね」

——そりゃ、車に比べたら広いに決まってますね……

さっきの大家さんとのやりとりで忘れそうになっていたけれど、そもそもこの人はこういう人だった。

社長はボストンバッグを部屋の片隅に置くと、着ていたジャケットを脱いでバッグの上に置いた。

「星良さん」

私の名前を呼び、いきなり床に膝をつく。そしてそのまま手を床について頭を下げてきた。

「え、あの、何を……」

「しばらくご厄介になります。よろしくお願いします」

戸惑っていたら丁寧に頭を下げられて、私も慌てて床に正座をした。

「いえ、こんなところですけど。こちらこそよろしくお願いいたします」

互いに頭を下げ合い、元の体勢に戻る。

まずは部屋についての説明をひと通りした。バストイレと洗濯機の場所。バストイレは狭いながらも一応それぞれが独立している。それでも狭いことに変わりはないので、社長みたいに背の高い人は窮屈《きゅうくつ》かもしれないのだが。

冷蔵庫に関しては、入ってる食材は私に一声かけてくれれば何を使ってくれてもいい。入れる分には問題ないと説明した。

「ところで星良さん。ここで生活するにあたり、何かルールのようなものはありますか？」

「ルール、ですか……」

急に言われてもこれといって浮かんでこない。強《し》いて言うなら、クロゼットの中は見ないでくれ、ぐらいだろうか。

「クロゼットを開けないでください、くらいですかね……」

「もちろん開けませんよ。それ以外にも何かありませんか。例えば、バスルームの使用はこの時間帯に限る、とか」

「いえ、特にないです。好きな時に使ってください」

いつでも気が向いた時にお風呂に入れたりするのが自分の部屋のいいところ。制限をかけるくらいなら、まだホテル暮らしの方がましというものだ。

私の考えを伝えると、社長はふむ、と納得しているようだった。

「そうですか。一応星良さんの生活習慣に配慮してのことだったのですが……では、特にルールはないということでいいですか？」

「はい」

こくんと頷く。

「あとはそうですね……こちらからの配慮ですが、星良さんは男性の裸に免疫はありますか」

「えっ⁉　は、裸……ですか⁉」

「ええ。風呂上がりなど、私は一人だと半裸で過ごすこともしばしばあるのですが、そういうのが困るようでしたらやめます」

「半裸、ですか……」

まあ、過去に男性と付き合ったこともあるし、風呂上がりに全裸で部屋の中をうろうろされたこともある。半裸くらいなら問題ないけど、付き合ってもいない社長の全裸はちょっと困るな。

「お風呂上がりは好きなようにしていただいていい……です。……ぜ、全裸でなければ」

これに社長がクスッとする。

「さすがに全裸では過ごしませんから安心してください。でも、ありがとうございます。本当に星良さんは優しい人だ」

「いえ、そんなことは……ただのお節介焼きなだけで」

「いえいえ。私はそのお節介に何度も助けられていますから。でも星良さん」

社長が立ち上がりつつ、体をグッと前に突き出した。そして近くなった私の耳元に顔を近づける。

「優しいのはいいことだけど、私以外の男にはあまり優しくしないでくださいね」

「ひゃっ……!!」

耳にかかった吐息がくすぐったくて、咄嗟《とっさ》にぎゅっと目を瞑《つぶ》ってしまった。でも、くすぐったかったのは吐息のせいだけじゃない。

「早速ですみませんが、バスルームをお借りしてもいいですか?」

「あっ、は、はい! タオルは……」

「大丈夫です、持ってます」

耳を手で擦っている間に、社長が部屋を出て行った。

社長の低いけれどどこか甘い美声を至近距離で聞いたことにより、耳から肩の辺りにかけてが今もビリビリしている。こんなのは初体験だ。

――まだ社長の声が耳に残っている気がする。

最後の優しくしないでって、あれはどういう意味なのだろう。

気になるけど、あまり気にしすぎると頭から離れなくなってしまいそうだ。

――ま、いいか……。それよりも今のうちに着替えちゃおうっと。

なんだかんだで、しばらくの間同居人がいる生活が始まった。もちろん、これも自分のせいだというのはじゅうぶん承知している。

バスルームからシャワーの音が聞こえている間に、私はトイレに行ったり着替えたりして就寝前の身支度をある程度済ませた。

六畳ほどの部屋の端っこに来客用の布団を敷き、自分の布団をキッチンスペースに敷いた。予想はしていたけれど、シングルサイズでもサイドが折れてしまうくらいスペース的にはギリギリだった。

でも、身長もそれほど大きくない私なら、ここでも問題なく寝ることができる。あと、夜中トイレに起きた時に気兼ねなく行けるのがいい。いや、それだけが理由でこっちを選んだんじゃないけど。

——さすがに勤務先の社長をこんな狭いスペースに寝かせるわけにはいかないもんね……

何か言われるかもしれないけれど、これだけは譲れない。社長には納得してもらわないと。

シーツをセットして、枕に枕カバーをつけていた時、バスルームの扉が開いた。中から蒸気と一緒に男性の足がにゅっと現れる。それを目の当《ま》たりにした私の喉が、ひゅっと鳴った。

——足!!

驚きつつ、反射的に視線を足から上に移動させていくと、腰にタオルを巻き付けた社長と目が合ってしまった。

もちろん、上半身には何も着ていない。

「き……っ」

思わず叫びそうになる。でも待って。これからしばらくだけど一緒に暮らすというのに、半裸を見ただけで叫んだりなんかしたら社長が気にする。下手《へた》するとやっぱり悪いからと車中泊に戻ってしまうかもしれない。

――ダメだ、叫ぶな私!!　風呂上がりは自由だと言ったのは自分じゃないか。

きゃあ、という叫び声を丸っと呑み込み、どうにか平常心を取り戻す。

「……星良さん、ここで何を？」

ドアを開けたらすぐに私がいたので、当たり前だが驚いたらしい。足を踏み出せば布団を踏むことになるので、どうしたらいいか困惑しているようだ。

「どうぞそのまま踏んでくださって大丈夫です。社長の布団はあちらですので……枕は確か、ご自分のものをお持ちでしたよね？」

ささ、どうぞ。と布団に案内しようとしたのだが、社長は難しい顔をしたままバスムールから一歩足を踏み出した。

濡れ髪をタオルドライしながら部屋に移動する社長を、なるべく見ないようにした。なぜ水が滴《したた》る男性ってこうも色っぽいのだろう。

部屋で着替えているらしい社長を見ないように、しばらくキッチンにいた。

すると着替えを終えた社長がキッチンに現れた。部屋着はTシャツに膝までのハーフパンツというラフな格好。これはこれでよく似合っている。

「星良さん」

「はい？」

「私がキッチンで寝ます。星良さんは部屋で寝てください。さすがにそこまで甘えられません」

やっぱりというか案の定というか、拒否されてしまった。でもこれくらいは想定内だ。

「いえ、私は体が小さいのでここで大丈夫です。社長は私よりも体が大きいんですから、あちらで休んでください」

「心配には及びません。なんせ今までが車ですから、どこでだって寝られます」

――うっ……それは……確かにそうなんだけど。

でも負けない。

「それでも、社長にはあっちで寝てほしいんです。この部屋は私の部屋なんですから、部屋の主《あるじ》である私の指示に従ってもらいます！」

契約者の権限を振りかざすと、今度は社長が口惜しそうに唇を噛んだ。

「星良さんに従うべきなのはわかっているんですが……でも、家主のあなたをそんな狭いところで寝かせるわけにはいかないのですよ。だったらせめて、こちらの部屋に布団を並べて寝るのはダメですか」

「えっ」

全く予想していなかった提案に目を丸くした。

――しゃ、社長と隣り合わせで、寝る……？

困惑しながら今現在一組だけ布団が敷かれている部屋の中に目をやった。

私の部屋は物が少ないため、シングルサイズの布団を二組敷けるだけのスペースは確保できる。可能かどうかで言えば、可能だ。

かといって、社長と社員という関係でしかない私達が、同じ空間で寝るなどあり得ないとも思ってしまう。

「い、いやあの、でも……それは……」

しどろもどろになっている私に対して、社長は真顔だ。

「決して襲ったり体に触れたりしないとお約束します。居候《いそうろう》の私が、星良さんの安眠を邪魔したくありませんし……いかがでしょう。布団の位置も少し調整して」

「た、たとえば、どんな感じに」

「そうですね……こんな感じはどうですか」

社長がキッチンに敷いた布団を持ち上げ、部屋の端っこに敷き直した。元々敷いてあった布団の位置をずらして、それぞれ部屋の端っこになるように調整する。

つまり一つは部屋の南東に、もう一つは部屋の北西に移動したことになる。

「頭の位置は北側でも南側でも、どちらでもいいと思うんですけど。これならお互いの腕が触れたりすることもないかと」

「なるほど……」

布団と布団の間には適度に間隔が空《あ》いているので、これなら同じ部屋で寝ていてもそこまで緊張しないかもしれない……わかんないけど。

私は無言のまま社長を見る。社長は、私に向かって「どう？」と首を傾げている。

「これがダメなら、私はキッチンで寝ます。お世話になる以上、そこは譲れません」

きっぱり言い放った社長の意志は固そうだった。

ここは、もう私が引くしかない。そう感じ取った私は、仕方なく肩の力を抜いた。

「わかりました……仰《おっしゃ》るとおりにします」

「ありがとうございます」

ホッとした様子で頷いた社長は、一旦車に戻り枕と毛布を持って戻ってきた。来客用の掛け布団もあると伝えたのだが、彼は布団を体に巻き込んで眠るタイプらしく、自分の毛布の方が落ち着くのだそうだ。

「子どもの頃からの癖というか、布団が自分の顔に触れていないと落ち着かないんですよ」

持ってきた毛布をぽんぽんと叩きながら、社長が布団の上に座り込んだ。

「寝る時の癖っていろいろありますよね。私は横向きでないと眠れないんです。だから、こういうものを使ってます」

愛用している細長い抱き枕を社長にお披露目《ひろめ》した。ちょっと湾曲していて、細長い三日月のような形をしている抱き枕。普通の枕の他にいつもこれを抱き締めて眠っている。

「へえ……いい形ですね。抱きつくのにぴったりだ」

「そうなんです。使い始めたら最高でした。社長も機会があればぜひ」

「そうですねー。でも、荷物が増えるのはちょっと……、空気が抜けて持ち運びしやすいタイプがあれば考えようかと……」

――この人、部屋探しするって言ったのに、まだ車中泊をするつもりなのかな。

「社長……マンションを探すんですよね？」

私がじとっとした目で見ると、社長がしまったという顔をした。

「いやほら。こういう仕事をしてると視察とかで遠方の支社に行ったりするでしょ。そういう時にも使えたらいいかなーって……」

苦し紛れの言い訳に聞こえたけれど、まあいいか。

夜ももう遅い。そろそろ本格的に寝る準備に入ろう。

「じゃあ、私、お風呂に入ってきます。社長はその間好きにしていてください。ミネラルウォーターは冷蔵庫の中にありますし、小腹が減っていたらヨーグルトとかもあるんで適当に食べていいですよ。あ、あとコーヒーはこっちに……」

いただき物のドリップパックがあったはず。と冷蔵庫の上にあるかごの中を漁《あさ》っていると、いつの間にか社長が真後ろに来ていた。

「ありました。お湯はこの電気ケトルで沸かしてください。紅茶ならティーパックもありますし」

振り返りざまにドリップパックを見せると、なんだか私を見下ろす社長の表情がやたら甘く見えた。

「うん。ありがとう、星良さん」

「……っ、じゃ、じゃあ……お風呂に行きます……」

「いってらっしゃい。ごゆっくり」

自分の部屋なのにお見送りされるのって、なんか変な感じがする。

不思議な感覚のまま、私はバスルームに移動した。

していることはいつもと同じ。なのに、ドアを隔てた向こうに他人がいると思うと、バスタイム中でも若干の緊張感があった。

——大丈夫かな～。私、今夜ちゃんと眠れるのだろうか……

でも、社長とのあれやこれやがあって精神的にはとても疲労しているし、眠れないなんてことはないと思うのだが……

「ま、いいか……適当で」

ぼそっと一人ごちてから浴槽のお湯を抜いた。タオルなどはいつもバスルーム内にある洗面台の上に載せておくので、バスルームを出ずに着替えを終えて、タオルでしっかり髪を乾かす。

パジャマに着替える際、ブラジャーをどうしようか悩んだ。でも、もう寝るだけだし、つけなかった。パジャマがわりとゆったりしているし、色もネイビーのチェック柄なので、胸元はそんなに気にならないだろう。

肩より少し長めのストレートヘアがほぼ乾いたのを確認して、バスルームの折り戸を開けた。

風呂上がりのすっぴん顔で社長に会うのが若干気恥ずかしいが、こればかりはどうしようもない。冷蔵庫から水の入ったペットボトルを取り出し、開き直って部屋に戻る。すぐに社長に視線を移すと、彼は布団の上にあぐらをかいて、その足の上にノートパソコンをのせて作業をしていた。目元にはさっきまでなかったメガネをかけている。

——はっ……社長の、メガネ姿……!!

イケメンが風呂上がりにメガネをかけて作業している。その光景にくらりと目眩《めまい》がしそうになった。眼福である。

「お帰りなさい」

社長が先に声をかけてきた。

「も、戻りました……社長は、お仕事ですか？」

ドキドキしながら自分の布団の上に座り込んだ。冷蔵庫から出したばかりのミネラルウォーターを飲みながら、跳ね続ける心臓の音を聞こえないふりをした。

「仕事というほどのことでもないですけど、メールを返したり、明日の予定を確認したりね。でももう終わります。朝が早いので、そろそろ休ませてもらいますね」

「……社長は、いつも朝は何時くらいに起きているんですか？」

「これまでは車の中だったので、朝日が昇ると共に目が覚めていましたね。だから、夏は早く冬は遅いという」

どっちにしてもめちゃくちゃ早そうだな。

「明日は朝六時くらいでいいですかねえ……ここからなら本社まで車で三十分くらいです。用意するのに三十分もあればいいので」

「え。六時半には出るってことですか？」

うちは九時が始業時間なので、私がこのアパートを出るのは大体八時くらい。社長が勤務している本社も始業時間は同じはずだが、そんなに早く行く必要があるものなのだろうか。

「車通勤なので、早いと道が空《す》いてるんですよ。それに、早く出勤して片付けられるものはさっさと片付けてしまいたいんです。特にここ最近は星良さんに会うために巻きで仕事をしていたので、すっかりそれが身についてしまって」

世の風潮もあり、無駄な残業はなくしていかないとね。と社長が微笑む。確かに、言っていることはもっともなことばかり。

でもそうなると、朝ご飯も必然的に早くなる。さすがに何も食べないで出勤させるわけにはいかない。というか、この人はご飯を出さないと、食べないでそのまま仕事をしそうだ。

「あの……社長、もしかしてなんですけど、いつも朝ご飯とかって……」

「食べないですね。たまに、コンビニでおにぎりを買って行ったりするけど」

――やっぱり。予想したとおりだわ。

「……そうですか。わかりました」

あっさり納得した私に、社長が意外そうな顔をした。

「あれ？　なんか言われると思ったんですけど」

「言いません。どうせ私が何か言っても論破されるだけですから。それよりももう寝られるんですよね？　私も寝るので、照明を落として真っ暗にして大丈夫ですか。私、暗くないと眠くならないので」

すると社長が、膝の上に置いていたノートパソコンをパタンと閉じた。

「了解です、ボス」

「誰がボスですか」

どちらかと言えばボスはそっちだ。

社長はノートパソコンを床に置き、スマホを操作し始めた。

「朝、六時にアラームを鳴らします。いいですか？」

「ああ、はい。大丈夫です。じゃあ、照明消しますね」

手元のリモコンを使い、照明を落とした。私が布団を被ってごそごそしていると、布団に横になった社長が、ふー……とゆっくり息を吐き出した。

「……社長……大丈夫ですか？　眠れそうですか？」

もしかして環境が環境だけに眠気がこないかもしれない。つい心配になって、話しかけてしまった。

「星良さん、あのね」

「はい」

「私はね、いくつか特殊能力と言えそうな特技があるんですけど」

「え？　そうなんですか？　なんですかそれ」

特殊能力だなんて聞いたら、誰だって気になると思う。もちろん、私もだ。

「冗談とか抜きにして、どこでも寝られることです。だから道端でも車中でも問題なく寝ることができたんですよ…………おやすみなさい」

えっ？　と聞き返そうとしたら、すぐにスー……と寝息が聞こえてきた。

嘘でしょ、と思って耳を澄ませるが、やはり寝息しか聞こえてこない。

――ほ、本当にもう寝てる……!!

彼の言うとおり、こんなに容易に寝ることができるのなら、冗談抜きで場所は関係ないのかもしれない。

なんだ、心配して損した。

布団を被り直し、ため息をついた。

――自分から言い出したこととはいえ、社長を家に泊めるなんて、とんでもないことになっちゃったなあ……

どうなることかと思ったけど、これならなんとかなるかもしれない。あとは、とにかく早く社長の部屋を見つけることだ。

隣でスー、と寝息を立てている社長をちらっと見てから、私はスマホの予定表に不動産屋に行くと入力し、目を閉じたのだった。


翌朝。

パッと目が覚めてスマホの時計を確認すると、現在は朝の五時半。社長のスマホに設定したアラームが鳴るまであと三十分ある。

実は私、自分でも理由はわからないが、起きようと思った時間にアラームなしで起きることができる。これも社長が言うところの特殊能力というやつだろうか。

――さて、起きるか……

まだ少し眠気はあるけれど、すぐ近くで眠っている昨日からの同居人を見たら、途端に眠気などふっ飛んだ。

昨日あんなに夢じゃないことを確認したのに、また確認してしまいたくなる。

だって普通、自分の会社の社長と食事をして、そのままうちに連れ込んで同じ部屋で一緒に寝るなんて想像もしないし、あり得ないことなのだから。

当の本人は、微動だにせず布団を抱えて丸くなって眠っているけれど。

——今なら、近くで見ても気付かれないかな？

そーっと近づいて、布団から目だけ出して眠っている社長の顔を観察する。まず、睫《まつげ》が長い。それと肌が綺麗だ。三十代らしいけど二十代と言われても疑問を抱かないほど、肌のきめが細かくてシミもない。眉の形も自然に整っている。

いいなあと羨《うらや》ましく思うけど、この人はただ顔がいいだけじゃない。社長になるために私の想像がつかないほどの努力をしてきたのだろう。もちろん二代目というアドバンテージはあるけれど、それだって優秀でないとうちの会社の規模的に務まらないと思うし。

定住しない暮らしをしていたのも、この人にとってはそれが必要だったからなのかもしれない。

それなのにお節介で部屋に連れてきてしまって、本当によかったのだろうか。

ふと、私の中に若干の後悔と迷いが生まれた。でも、やはり車の中で生活するより、部屋の方がぐっすり眠れるはずだし、体の疲れだってとれるはずだ。そう信じることにしよう。

——さて。こんなことしてる場合じゃない。早くしないと社長が起きちゃう。

そっと布団をたたんで部屋の端っこに置いてからキッチンに移動し、部屋との境にある引き戸を閉めた。そして冷蔵庫の中にあるもので簡単な朝食作りを始める。

――朝食を食べないだなんて。私の部屋にいる間はそんなことさせてなるものか……！

社長の健康は私が管理するぐらいの勢いで、朝食を作った。時間がないというのならせめておにぎりでも持って行ってくれと思う。

意気込んでいたせいか、予定していたよりもだいぶ早く朝食ができあがった。ついでに自分の弁当を作る余裕まであった。

――よし、これであとは社長が起きるのを待つばかり……

「星良さん、おはよう」

「わーーーー!!」

耳の後ろから突然いい声が聞こえてきて飛び上がった。アラームで起きるはずの社長が、もう起きている。時間は？　とキッチンに置いてある時計を確認したら、六時五分前。

「はっ……早いじゃないですか!!　まだ六時前ですよ」

「それはこっちの台詞《せりふ》なんですけど。星良さんはこんなに早い時間から何をしてるんだろうと気になってしまって、つい目が覚めてしまいましたよ。もしかしてこれ、私のために……？」

社長がキッチンの作業台に所狭しと並べられた料理と、コンロの上に載った味噌汁に目をやった。

「朝食は食べないなんて言うから。私の部屋にいて朝食を食べずに出勤するなんて、許しませんので。ちゃんと食べていってくださいね。とはいえ好みがわからないので、勝手に作っちゃいましたけど……」

一応誰でも食べられそうな味噌汁、玉子焼き、ほうれん草のソテー、鮭の塩焼きという鉄板メニューにした。これでダメならまた考えようと思っていたのだが、どうだろう。ちなみにおにぎりはおかか昆布だ。

「大丈夫です。私、好き嫌いはありませんから。それに星良さんが私のために作ってくれた食事を、食べないなんて選択はないですね」

寝起きで髪がボサボサだけど顔は美しい社長が、私に微笑む。

顎《あご》に無精髭《ぶしょうひげ》があるものの、顔が美しいとあまり気にならない。やっぱり美形って得だな。

そう納得する自分の他に、なぜだかドキドキしてしまう自分もいる。

「……そ、そうですか……よかったです……」

途端に社長の目が見られなくなって、わざとらしく逸らしてしまった。変に思われるかなと気になったけれど、社長はお手洗いに行ってしまったので大丈夫だった。

この隙に、社長がたたんでくれた布団を部屋の端っこに片し、愛用している折りたたみ式のちゃぶ台を部屋の真ん中に置いた。料理をセッティングして、緑茶を淹《い》れているとバスルームで身支度を調えていた社長が出てきた。白いシャツにスラックス姿という社長スタイル。しかし、スーツは昨日と同じ物だ。

「あの……もしかして、スーツってそれだけ……？」

思いきって尋ねてみたら、さすがにこの質問には社長も苦笑した。

「もちろん他にもありますよ。社に自分のロッカーがあるので、そこに数着置いてあります。朝、会社で着替えてるんですよ。で、昼にそれまで着ていたものをクリーニングに出して、出していたものを引き取って、って感じですね」

「そうでしたか、安心しました」

まあ、それもそうか。会社で同じ物ばかり着ていたら、さすがに秘書さんとかが気付きそうだしね。

変な質問をしてしまったことが恥ずかしい。でも、社長は気にする様子もなく、ちゃぶ台の前にちょこんと座った。

「すごいなー。三十分ほどでこれを作ったんですか？　星良さん、どんな魔法を使ったんです？」

社長の口から【魔法】という単語が出たことが可笑《おか》しかった。つい、いけないと思いつつもぷっと噴き出してしまう。

「魔法とか……ふふっ。これ、どれも簡単なものばかりですし。三十分もあれば誰だって作れますよ」

「そうなんですか？　私、自分で料理をした経験がほとんどないので、料理を作れるというだけで尊敬してしまうんですよね」

社長がじっと料理を眺めている。そこまで喜んでもらえるなら、もっと美味《おい》しくて手の込んだものをいくらでも作りますよ、と言いそうになってしまう。

「あの、どうぞ食べてください。出社時間になっちゃいますよ？」

「そうでしたね、では、いただきます」

丁寧に手を合わせてから社長が箸《はし》を持った。昨日もそうだったけど、この人のこういうところに育ちのよさを感じてしまう。

まず味噌汁から。残っていたお麩《ふ》と、長ネギとわかめだけの簡単なお味噌汁だけど、一口啜《すす》って社長がはあ……と息を吐いた。

「旨い……朝、手作りの味噌汁を飲むのは久しぶりだ」

「え、そうなんですか？　でも、ホテル暮らしをしてたら、朝は朝食がついてきたりしません？」

「ホテル暮らしもだいぶ前ですから」

「そうですか。でも、ホテル暮らしならそれはそれで楽じゃなかったですか？　シーツとかも替えてくれるし、クリーニングだって頼めば業者さんに出してくれるし……」

「まあ、そうなんですけど」

そう言ったきり社長が無言になってしまった。黙々と味噌汁を食べ続けているその表情を見て、その理由がぼんやり頭に浮かんでくる。

「まさか。ホテル暮らしで何かあったんですか？」

「……まあ」

肯定する小さな声。多分、言いたくないことなんだな。

それがあったから、社長はホテル暮らしをやめた。でも、逆に考えるとそれがなければ、ホテル暮らしもありになるのでは？

「あの。何があったのか聞いてもいいですか」

「うーん……そんなにたいしたことじゃないんだけど、自意識過剰に思われるのが嫌で」

「自意識過剰ですか……まさか。女性がらみ……？」

これが当たりだったらしく、社長が眉尻を下げた。

「連泊してると、働いている人も私のことが気になるようでね。最初は親切にしてくれてとてもありがたかったし、助かってたんだけど」

ど、のあとが続かない。これはもしや。

――異性関係のトラブルですか……？

私が食べる手を止めてじっと次の言葉を待っていると、社長がふっ、と笑みを漏らした。

「星良さんには、何があったか想像がついちゃったみたいですね？」

「えーっと……好意を持たれた、ということで合ってます？」

「ええ。まあ……ありがたいことなのですが、毎日のようにメッセージカードや電話番号を部屋に置いて行かれるのはちょっと……。あと、深夜に部屋に来られたり、従業員同士で私を巡《めぐ》ってトラブルになってしまうのにもほとほと参ってしまって……」

「ええっ⁉　そんなことが⁉」

ははは、と社長が悲しげに笑う。

「そういったことが起こって、ついにはホテルでも問題になってしまったようでして……さすがにこれ以上迷惑はかけられませんので、そのホテルは出ましたけど」

「まさかとは思いますけど、一件だけじゃない、とかですか……？」

「はは……そんなところですね」

――そんなことがあるんだ……

気付くと、二人で示し合わせたようにため息をついてしまっていた。

「そういったことが続いたせいで、近場のホテルに行きづらくなってしまって。それが車中泊するきっかけになったんですけどね」

「なるほど……大変だったんですね」

イケメンにはイケメンならではの苦悩があるわけね。

でも、それってなんか私の過去とちょっと似てる、と思ってしまった。

もちろん私の場合と社長の場合とは全く種類が違う。でも、意図していない相手に好かれてしまい、結果、その状況から逃げ出したというのはほぼ一緒だ。

苦悩する気持ちはわかる気がした。

「社長も、苦労されてるんですね」

心の底から社長に同情してしまう。この呟きを聞いた社長が、ちらっと私に視線を送ってきた。

「そんなこと言ってくれるのは、星良さんだけですよ」

「そんなことないと思いますけど。他の人だって事情を知れば同じように思うはずです」

社長はいいえ、と首を横に振った。

「他の人なんか、二代目のボンボンで苦労なんかなんにもしてないんだろ、くらいのことを言ってきますよ。異性関係だってそうです。意に沿わない形で相手から好意を持たれる、なんて話すと贅《ぜい》沢《たく》だって叱られてしまうし。もう、どうすればいいんだって途方に暮れたくなります。でも」

言葉尻が気になって、手を止めて社長を見る。

「星良さんが理解してくれるなら、他の人にどう思われてもいいという気になりました」

「え」

聞き返したのとほぼ同時に、社長が箸《はし》を置いた。食器の中身は全て空《から》になっている。

「ごちそうさまでした。ここ数年食べた朝食で一番美味《おい》しかったです」

「まっ……またまた、そんな」

お世辞なんかいいのに、と苦笑する。でも、社長は真顔だった。

「いえ。心の底からの本心です。正直、涙が出そうになるほど美味《おい》しかったです」

ありがとう。と頭まで下げられてしまい、こちらこそありがとうの気持ちでいっぱいだ。

――たいしたものじゃなかったのに……。こんなことなら、もっと食材買っておけばよかった。

でも、何もこれが最後じゃない。社長はしばらく私の部屋にいるわけだし、今夜また何か作って食べてもらおう。

少ないレパートリーの中から夕食候補になりそうなものを考えていると、社長が空《あ》いた食器を持って立ち上がった。

「では、片付けは私がしますね」

「えっ、いいですよ、私が……」

「何を言うんです。わざわざ早起きして朝食を作ってくれた星良さんに、片付けまでなんてさせられません。私にさせてください」

これまでになく強い口調で言われてしまい、何も言い返せなかった。

「で、では……お願いします」

「はい。喜んで」

うちの狭いキッチンからカチャカチャと洗い物をする音が聞こえてくる。社長が洗い物をしているのがなんだか変な感じだったけど、やってくれようとする気持ちが嬉しかった。

――社長って……変な人だけど、優しいよね……

私は同棲経験がないけれど、学生時代の友人や前職の同僚の中には、彼と同棲中という人が何人かいた。友人達は皆、互いに協力して、役割分担をするのが上手《うま》くいくコツだ、と口を揃えて言っていたけれど、実際に生活を始めてみると協力してくれる男性は少なかったらしい。

『なんかねー、結局私の方がいろいろ気付いちゃうから、私がやる羽目になってるのよね』

友人が嘆いているのを何度も聞いた。

それに、よくよく考えてみると自分の父親もそうだった。家のことは母任せ。父がキッチンで洗い物をしている姿など、これまで数回見たか見ないかだ。

だから、私の中にはいつの間にか、男性は家事を率先してやりたがらないという固定概念みたいなものが生まれていた。もちろん時代の流れと共に、そうじゃない男性も増えてきているのだろうが、実際問題、家のことをやりたがらない男性はまだ多い。

でも、社長にそういった考えはなさそうだ。

洗い物を終えた社長はそれを丁寧に拭き、キッチンにある棚にしまってくれた。

歯磨きをしてネクタイなどの身支度を終え、社長が荷物を手にする。

「じゃ、お先に行きますね」

「はい……って、あっ!!　そうだ、鍵!!　鍵渡してませんでしたよね」

確かスペアを大家さんにいただいたはず。私がクロゼットを開けて鍵を探していると、いつの間にか社長が近くまで来ていた。

「鍵はいいですよ」

「どうしてですか？　鍵がないと入れないじゃないですか……」

「いや、星良さんはほぼ定時でしょ？　私が帰る頃にはきっとここにいると思うので」

確かにそうだけど、私だってたまには買い物や夕飯を食べに行ったりして、帰宅が遅くなることもある。ものすごくたまにだけど。

「いないこともあるので、持っていてもらった方が助かります」

「んー……でも、いなきゃいないで車の中にいるし……」

――それじゃこれまでと何も変わらないでしょうが。

「ダメです!!　ちゃんと持って行ってください!!」

クロゼットの小物入れに入っていた鍵を見つけた私は、それを社長の手に無理矢理握らせた。

「……はい、わかりました。じゃあ、いってきます」

「いってらっしゃい」

剣幕に圧され、社長はそれを素直に持って部屋を出て行った。

十二時間ぶりくらいに一人になった私は、内蔵が出そうなくらいのとてつもなく大きなため息を吐いた。

――やれやれ……っていうか、本当にやれやれやれやれだわ……

なかば放心状態のまま、自分の身支度を始めた。

『涙が出そうになるほど美味《おい》しかったです』

さっきの社長の言葉が頭に思い浮かんだ。あんなことを言われたのは、家族を含めて初めてだった。

三

意図せず社長との同居生活を始めてしまった、私、森作星良。

とはいえ、社長は私の勤務先ではない本社にいるため、会社で会うことはまずない。

社長との同居を決めた翌日。

これからは待ち伏せされることもなく、仕事に集中できると思うとすごくホッとした。これまでどおり普通に通勤して仕事をする。ただ、社長と約束したので、早速帰りに不動産屋に立ち寄って、いくつかめぼしい物件を見つけてきた。

——予算を多めにしたら、結構物件ってあるものね。

オートロックで広めのワンルーム、駐車場付き。それから社長が勤務している本社から車で三十分の通勤圏内という条件をつけた。

——この中に社長が気に入るような物件が一つでもあればいいんだけど……

プリントアウトしてもらった物件の詳細をバッグに突っ込み、手にはスーパーで購入した長ネギと豚肉入りのエコバッグを持ってアパートに帰る。

今夜のメインは、牛肉のすき焼きならぬ豚肉のすき焼き風煮込みだ。

——私としては奮発したんだけど……大丈夫だよね？　定食食べてたし、社長の口にも合うよね……？

一応二人分の材料を購入したが、社長からはなんの連絡もない。果たして今夜も社長は我が家に帰ってくるのだろうか。

疑問に思いながらアパートに到着した。部屋に入り、社長の荷物が置かれているのを見て、同居を開始したのは事実だと実感しながら、簡単に部屋の片付けをして夕飯作りを開始した。

手早く作業しつつ、頭の中ではどういう味付けなら社長が喜んでくれるかとか、自分が作るものは社長の好みに合っているのだろうかとか、そんなことばかり考えてしまう。

——なんかこれじゃあ、恋人のためにご飯を作ってるみたいだなあ……

そもそも私達はそんな関係じゃないから!!　とモヤモヤを払拭《ふっしょく》し、夕飯を作り上げた。時刻を見れば夜の七時半。いつもならこれくらいには夕飯を食べ終わって、テレビを見たり本を読んだりまったり過ごしている時間だ。

自分のペースで生活するなら、食事を済ませてしまいたい。だけど……

——社長が帰ってくるんだったら、やっぱり一緒に食べた方がいいよね……？

とりあえずまだ皿には盛らず、料理に蓋《ふた》をして火を止める。そして、社長がいるとやりにくいお風呂や、顔のケアを済ませておいた。すでにすっぴんは見られているので、もう気にしない。

ちゃぶ台の下に不動産屋からもらってきた物件の詳細を忍ばせておき、だらだら過ごしているとスマホにメッセージの着信があった。社長からだ。

【これから帰ります】

メッセージを見た瞬間、無意識のうちに背筋を伸ばしていた。

——いやいや、ここ私の部屋だから!!

すっかり冷めてしまった料理を温め直しながら社長の帰りを待つ。するとメッセージをもらってから三十分もかからないうちに、ピンポンと部屋のチャイムが鳴った。

「はいはい。ていうか、鍵持ってるんだから使えばいいのに……！」

なんで使わないの！　と疑問に思いながらドアを開けると、笑顔の社長が立っていた。

「やあ。星良さんただいま」

「お帰りなさい。あの、鍵使って入ってくださいよ……」

「すみません、鍵を持っていることを忘れておりました。それよりも、これを」

社長が私の前に差し出したものを見た瞬間、目が釘付けになった。

社長が持っていたものは、米の入った袋だった。おそらく十キロ。

「……お米ですか⁉」

社長が部屋の中に入り、持っていた米の袋をキッチンに下ろした。

「ええ」

「知り合いからいただいたんです。今年の新米で、かなり美味《おい》しいと評判の米です。よかったらどうぞ」

――美味《おい》しいと評判の……お米‼

社長そっちのけで米を見つめる。賞を受賞とか、なんかいろいろシールが貼ってある。いつもスーパーで一番安い米を買っている自分には、全く縁のない高級米だ。

「うわ～～、ありがとうございます……‼　こんなの絶対美味《おい》しいに決まってるじゃないですか‼　今すぐ食べたいけど……でも、今夜はもうご飯炊いちゃったし、明日の朝ご飯にしましょう！　おにぎりがいいかな？」

高級米に私のテンションが俄然高くなった。お米の味を存分に堪能するには、やっぱりおにぎりだよね。それも塩むすびがいいかもしれない。

「だとしたら、塩も美味《おい》しいやつにしたいかも……」

確か以前、思いきって購入した美味《おい》しい藻塩《もしお》があったはず。キッチンの引き戸を開けて藻塩《もしお》を探していると、隣にいる社長がクスクスと笑い声を上げた。

「やっぱり星良さんを喜ばせるには、花束よりもお米で間違いなかったですね」

「え。花を……私にくれようとしたんですか？」

素直に、なんで？　と疑問に思う。

「はい。だって、好きな女性を喜ばせたいじゃないですか」

ジャケットを脱いだ社長が、ネクタイを緩めながら微笑む。

さりげない言葉の中に、聞き慣れない単語が交じっていたのを私は聞き逃さなかった。

「好きな……女性？　誰のことです……？」

「星良さんしかいないですけど」

「なんで私っ⁉」

すぐに聞き返したら、社長が変な顔をした。私がこういうリアクションをする意味がわからない、という顔だ。

「なんでって……星良さん、優しいから。私みたいに自分に関心がない人間に、ここまで優しくしてくれる女性は人生であなたが初めてだったんです。そりゃ、好きになるでしょ？」

「えっ……いや、それは……でも、私はただのお節介焼きで」

これを好意だととられたら、ちょっと困る。

「もちろん、その親切心だけに惚れたわけじゃないですけどね。ルックスも好みです」

「はっ⁉」

付け足された言葉にドキンと心臓が跳ねた。

まさかそうくるとは思わなかった。ちなみに私の外見は至って普通だと思っている。特別美人でもない、芸能人の誰に似ているとも言われた経験がない。ごく普通だ。

「しゃ、社長……本気で言ってます？」

「もちろん」

白いシャツの前ボタンを二つほど外し、首元を露《あら》わにした状態の社長がキッチンの壁に手を突く。その格好で私を見下ろしてくる彼の目が、なんだかいつもより色っぽく見えるのは気のせいだろうか。

「あ、あの……」

社長とどうこうなりたいとか、そういう気持ちで部屋に上げたつもりはなかった。でも、本当のところはどうなのだろう。

これがもし、相手が社長じゃなかったらどうだった？　困っているからといって、今みたいに家に上げたりしただろうか。

考え始めたはいいが、すぐに答えが出せそうにない。

——どうしよう、この場合な、なんて言うべきなの……？

動揺してしまい視線が定まらない。

私の困惑が社長にも伝わったのだろう。黙ってこっちを見下ろしていた社長が、ふっ、と笑った。

「すみません。困らせるつもりはなかったのですが、つい思いが溢《あふ》れてしまいました。今すぐ返事が欲しいわけではありませんので」

「え……」

「星良さんにその気がないのは、重々承知しております。今返事を求めたって、ごめんなさいの一択でしょう」

「えっ？　そんなことはないですけど……」

「本当に？」

社長が急に真顔になる。

「だったら、少しは期待してもいいのかな」

「え、えええ……いや、それは……」

目を逸らそうとするけれど、社長の目力が強すぎて無理。

――ひー、ど、どうしよう、何口走っちゃってるの、私……!!

部屋が決まるまでの間だと思って社長との同居を決めちゃったけど、やっぱり、早まったかもしれない。二日目でこんな感じだと、この先どうなるの⁇

私が無言で固まっていると、社長が不意に目を逸らした。

「そういえば　さっきからいい匂いがしていますね」

急に話題が変わって、私はコンロに載っている鍋のことを思い出した。

「あっ、そうでした！　夕食を作ったんですけど、せっかくだから社長が戻ってきてから一緒に食べようと思って……」

慌ててコンロに火を点《つ》けて、二人分のご飯を盛ったお茶碗を用意する。それをトレイに載せてちゃぶ台に運んでいると、腕を組みながら体を壁に預けてこっちを見ている社長と目が合った。

「あれ？　どうかしました？」

社長の表情がアンニュイというかなんというか。何か思うところがあるように見える。

「いやあ……星良さんは、本当になんていうか……」

「なんですか。はっきり言ってくださいよ」

「じゃあ、言います。抱き締めていいですか」

「はっ⁉」

お茶碗をちゃぶ台に置き、トレイを床に置いた私は、社長を見つめて固まるしかない。

「だって、星良さんがいけないんです」

近づいてきた社長が、中腰になっている私を抱き締めてきたので、私は目を丸くしたまま息を呑んだ。

――えっ……えええええ⁉

自分の身に何が起こっているのかがよくわからない。わかるのは、社長って意外と温かいんだな、ということ。それと、私を包み込む腕の力が強いけれど優しいという事実。

加えてすごくいい匂いがして、流されそうになる。

「あの……しゃ、社長……！」

「星良さん、私の名前知ってます？　社長というのは肩書きであって、私の名前ではありません」

耳のすぐ横辺りから冷静な声が聞こえてくる。それはまあ、そうだ。でも、私は彼が社長を務めている会社の社員なので、さして問題はないはずだ。

「だって……私、社員ですし……」

「ここは会社じゃないでしょ」

珍しく強い口調でぴしゃりと言われた。

「じゃ……じゃあ、なんて呼べば……」

「稔です。名前で呼んでください」

「……み、稔、さん？」

私を抱き締めている社長の腕の力が、少し緩んだ。

「いいです。とてもいいです。今後はずっとその呼び方でお願いします」

「えっ、ずっと？」

驚いて、思い切り社長の胸を押し返すと、社長の眉根に皺《しわ》が寄る。

「もう終わりですか……？　もっと抱き締めていたかったのに」

「いやいや、食事ができないんで」

「えー」

社長が子どもみたいに口をへの字にする。この人ってこんな顔もするのか。

不満そうにしつつも、社長は袖《そで》を捲《まく》って手を洗いに行った。

「星良さんの手料理、すごく楽しみです。朝食もとても美味《おい》しかったので」

「それは、ありがとうございます……お口に合うといいんですが」

支度を終えた社長が、ちゃぶ台の前に座った。普段私が愛用しているフライパンをちゃぶ台の真ん中に置くと、彼はそれを覗き込んだ。

二人用の鍋などこの部屋にはないので、フライパンで代用した。

「これは……すき焼き、ですか？」

「豚肉なのですき焼き風煮込み、ですね……」

説明した途端、社長の顔がぱーっと明るくなった。

「すき焼き風煮込み……!!　美味《おい》しそうですね!!」

牛肉を使用していないのでがっかりされるかと思ったが、そんなことはなかったようだ。

安堵しつつお互いに手を合わせ「いただきます」と唱えてから、箸《はし》を持った。

一応味見はしたけれど、どうだろう？

ドキドキしながら社長を見つめていると、彼は豚肉と野菜を一緒に口に運び咀嚼《そしゃく》した瞬間、笑顔になった。

「ん、美味《おい》しいですね！　いい味です。さすが星良さん」

「えっ……あ、ありがとうございます……！」

ホッとしたのと嬉しいのとで、自然と顔が緩む。

――よ……よかった!!　喜んでもらえたみたい……

安心したところで私もご飯を口に運ぶ。その目の前で、パクパクと食べ続けている社長を見ると、なんだか母親のような温かい気持ちになった。

――自分が作ったご飯をばくばく食べてくれるのって、いいな。見ていて気持ちがいい。

ホクホクした気分でいると、すでにご飯茶碗のごはんを半分食べ終わっている社長が、一息つくようにお茶を飲んだ。

「はー、旨い……星良さんの料理すごく沁《し》みる……」

「そんなにですか⁉　ありがとうございます」

人に料理を作ったことは何度もあるけど、沁《し》みるだなんて言われたことはない。こんなに褒《ほ》められるとは思わなかった。

「うん。しっかりしてるし、優しいし。料理も上手で言うことないね。結婚したらきっといい奥さんになるんだろうな」

「えっ……そ、そんな、ことは……ないですけど……」

褒《ほ》めてくれるのは嬉しいけど、ちょっと褒《ほ》めすぎでは。しかも、社長がずっとにこにこしながらこっちを見ているので、なんだかいたたまれない。

「あ、あの……そうだ！　実は今日、会社帰りに不動産屋へ行ってきたんです」

すると今の今まで笑顔だった社長の顔が、シュッと真顔に戻った。

「いくつか良さそうな物件があったんですけど、これです」

詳細の書かれた用紙を社長に手渡し、一件一件説明した。ここは部屋が広いタイプで、ここは駐車場が地下にあるタイプ、こっちは駐車場が平置きのタイプで会社に近い……など、それぞれの利点を中心に説明していく。

私が説明をしている間、社長は「うん、うん」と頷きながら話を聞いていた。でも社長の反応からは、どの物件に興味があるのかよくわからない。

「……あの、どうでしょう。気になる物件はありました？」

詳細の書かれた用紙を手に持って見てはいるが、どうも社長の表情が冴えない。

「うーん、どうかなあ……条件は悪くなさそうだけど」

「じゃあ、内見に行ってみるのはどうですか？　あらかじめ連絡をしておけば、いつでも内見ができるそうなので」

社長が手に持っている用紙から、私に視線を移した。

「星良さんも一緒に行ってくれるの？」

「私は行きませんよ」

元々そのつもりはなかったのでサラリと答えたら、社長が愕然《がくぜん》とする。

「なんで⁉　だって、探すのを手伝ってくれるんじゃなかったの⁉」

逆になんでそんなに驚かれているのかが謎である。

「なんで、じゃないですよ。普通に考えて当たり前じゃないですか。私は、社長の恋人でも婚約者でもなんでもないんですから……」

「あっ」

社長が何かを思い出したように声を上げた。

「なるほど。婚約者という手があったか……」

「へっ」

社長がちゃぶ台の前に正座して、真顔になる。

「星良さん。私の婚約者に……」

「ならないですよ!!　ならないですから!!」

即座に否定したら、社長の顔がこれまでにないくらい悲しげになる。

「そんなに力一杯否定しなくてもよくないですか……」

悲しそうにしているのは演技なのか、本気なのかがよくわからない。でも、目の前にいる人がしゅんとしている姿に罪悪感を持ってしまう。

「だ、だって……社長が変なことばっかり言うからですよ。婚約者だなんて……」

「私の婚約者になることは、そんなに変なことでしょうか」

あからさまに肩を落とす社長を見て背筋がひやりとした。

さすがに言いすぎた……

「ごめんなさい。言いすぎました……社長の婚約者になることが変なこととは思いません。そうではなくて」

「そうではなくて?」

肩を落としていたはずの社長が、急に真顔になって私を覗き込んでくる。やっぱり今のは演技だったらしい。それならそれで構わないけど。

「私と社長はまともに会話を交わしたのが昨日なんですよ?　そういった状況で婚約とか言われて

もあまりピンとこないというか……そもそも私達はそういう関係じゃないですよね？　それに、もし万が一そういうことになったとしても、私みたいな一般庶民が社長みたいな人と婚約って現実味がないでしょう？　周囲に公表したとしても、誰も納得しないと思います……」

自分では、もっともなことを言ったつもりだった。

業界三位から二位に躍進したような大会社の社長を務める家ならば、結婚相手だってそれ相応の相手を選ぶだろう。うちなんて、地方の一般企業に勤める父と、近所のクリーニング店でパートをしている母の、ごく普通なありふれたどこにでもある一般家庭だ。

——そうだよ……間違ったことは言っていない。社長と私じゃ絶対に釣り合わない……

でも、社長の意見は違うようだった。

「そういうのは気にしません」

きっぱり言いながら、社長が私の両手を握った。

「いやでも、ご家族が……」

「私のことは私が決めます。家族は関係ありません。というか、婚約以前にですね、星良さん」

グッと顔を近づけてこられて、心臓がドキドキし始めた。

——ち、近い近い近い!!

「なんですかっ。それより、近っ……」

「こんな生活をしている私が、名家の令嬢に好かれると思いますか？」

「えっ……」

「平気で道端で寝る家なし男ですよ。現状、あなたの部屋に転がり込んでるわけですし。親もこんな息子を名家に紹介などしませんって」

社長を見つめたまま無言になる。確かに、ちょっと……いやだいぶ変わってはいるけれど……でも、これだけイケメンで有能な社長という肩書きと実績があれば、家がなくてちょっと変でもいいと言ってくれる人がいるのではないだろうか？

「でも、そんな社長をいいって言う人がいるんじゃ……」

「この前、あなたに助けてもらった夜なんですけど」

社長がふいっと目を逸らす。

「一緒に食事をしていた女性が激高《げっこう》した理由は、私が家なしだと告げたからです。彼女は私が家に連れて行きたくないから嘘を言っていると思い込んでいましたがね。社長なんかやってたって、家がなくて車で生活しているなんて話したら、大抵の人は離れていきますよ」

社長が私と視線を合わせる。

「ですから、星良さん。あなたさえよければ、私とお付き合いしてみませんか？」

「は!?　いや、そんな、無理ですよ……!!」

「なんで無理なんです？」

本気で無理だと言っているのに、社長がにこにこしながら聞き返してくる。

「だ、だって……」

「私のことを男として見られませんか？」

真顔で問われる。

男として見られないなんて、そんなことあるわけない。むしろ、気を抜いたら意識してしまうからこそ、意図的に見ないようにしているのだから。

「そんなことは……ないですけど……でも、私達、まだお互いのことをよく知らないじゃないですか」

もちろん、格好いいとか素敵とか、この若さで社長をしていることに関しては素直にすごいと思っている。でもそれが、恋愛感情に繋がるかと問われると、正直どうなのか判断できない。

社長は私を見つめ、小さく息を吐いた。

「まあ、そうかもしれませんね。それに私、あなたには情けないところしか見せてませんしね……どこを好きになれっていう話ですよね」

「そこまでは思いませんけど……」

「でも」

社長が握ったままだった私の手を口元に持っていく。彼は、そのままためらうことなく私の手の甲に唇を押しつけた。

――えええっ!?　ちょ、キ、キス……!?

手の甲から唇を離すと、社長が上目遣いで私を見る。口元にはほんのりと笑みが浮かんでいた。

「今の私は、誰よりも星良さんに近いところにいるわけです。つまり、距離を縮めるには絶好の環境だと思うんですよ」

——ど、どうしたらいいの、これ……

「私はあなたに全部曝《さら》け出しています。だから、星良さんも私に全てを見せてください」

「えっ!!」

「もちろん体をっていう意味じゃないですよ。心をです。まあ、私は体も曝《さら》け出せますけど。なんなら今すぐにでも」

「お願いだから、やめてください」

いきなり社長がシャツのボタンを外し始めたので、慌ててその手を押さえつけて止めた。

「とりあえず、お付き合いの件は待ってください。い、いきなり言われても、すぐには考えられません……」

「わかりました、待ちますよ。いくらでも」

「いや、なんなら待たなくてもい……」

「あ、すっかり冷めちゃいましたね。すみません、食べましょうか」

私の言葉を遮《さえぎ》って、社長が食事を再開した。

社長は今のやりとりなどなかったように、美味《おい》しいですね、と微笑みかけてくる。その笑顔に、なんだかいいように翻弄《ほんろう》されている気がして悔しくなってしまった。

さっき彼が唇を押しつけた手の甲が、いまだに熱い。

この人が困っているなら役に立ちたいと思う。でもそれは、この人が勤務先の社長で、イケメンだからじゃない。いや、確かに格好いいけれど、別にこの人と付き合いたいとは思っていないし、経験上、甘い言葉に絆《ほだ》されてはいけないとわかっている。

でも、私のことを可愛いとか、ご飯が美味《おい》しいとか、いい奥さんになりそうとか……この人が言ってくれたことを思い出すと、どうしたって目の前の彼を、男性として意識してしまうのだ。

――ヤバい。このままだと本気でヤバい。なんとかして早く部屋を見つけて、ここから出て行ってもらわないと……

でないと、この人のことを本気で好きになってしまう。

「ん？　星良さん。食が進んでいないようですが……」

「そ、そんなことないですよ？　お肉、美味《おい》しいですね！」

今考えていることを社長に悟られてはいけない。

だから、私にできる精一杯の笑顔で、なんとか誤魔化した。

四

『星良、愛してる』

まだ周囲は暗い真夜中。いきなり寝ている私の上に、社長が覆《おお》い被さってきた。

『え……な、なんですか、急に……』

『急じゃない。ずっと星良のことが好きだって言ってる。星良が待ってくれというからずっと我慢していたけれど、そろそろ限界だ』

『へ？　い、いやでもあの……』

『待てない。星良が欲しい』

綺麗な顔が迫ってきたと思ったら、首筋をチュッと吸われた。そのまま彼の唇が下に移動し、鎖骨から今度はパジャマをはだけさせて両乳房の間まで。

『あ……、あのっ……』

胸にかかっていたパジャマが指で開かれ、素肌を覆《おお》っている唯一のキャミソールが露《あら》わになる。

まだ胸への愛撫《あいぶ》はされていないのに、乳房の先端はすっかり硬くなり、キャミソールの上からでも位置がすぐわかってしまう。

『あれ。星良、もうこんなになってる』

どこか嬉しそうな声で、社長が胸の尖りに触れてくる。その瞬間、ビクッと体が大きく揺れてしまった。

『や、あっ！　だめっ』

『だめなの？　でも、ここは嬉しそうだけど』

何度もそこを執拗《しつよう》に攻められる。胸先から全身に快感が伝わり、社長の前だからと保っていた理性がガラガラと崩れていく。

『いや、あ……っ！　だ、だめえ……っ』

『星良。君を私のものにするよ。いい？』

わざと耳元に口を近づけて、いい声で囁《ささや》かれる。こんなことされて抗《あらが》えるはずもない。

――もう、だめっ……!! 我慢できない……!!

『す、好きにしてください……!!』


「――っ!!」

パッ。と目を開けたら、当たり前だけど自分の部屋だった。

今の今まで社長とあんなことをしていたので、すぐに状況が呑み込めない。

「星良さん大丈夫?」

「きゃーー!!」

ぼーっとしていたら、視界の横から社長の顔がにゅっと現れてめちゃくちゃびっくりした。

「な、なんですかいきなり……」

起き上がって社長を見る。彼も寝起きらしく、髪が乱れているし顔には無精髭《ぶしょうひげ》が生えている。

それでもやはりイケメンは得で、よく言えばワイルドな感じになっていた。

「なんですかって、星良さんがいきなり大きな声を出したからだよ。うなされてたみたいだけど大丈夫?」

「うなされて……?」

恐る恐る尋ねたら、社長が小さく頷いた。

「うん。なんか、ダメ、とかなんとか……もっと早く起こした方がよかったかな」

「えっ、嘘……!!」

「もしかして何かに追われてたのかな。夢だけど、お疲れ様」

社長には絶対に夢の内容は話せない、と咄嗟《とっさ》に思った。

——夢の中だけど社長とあんな……え、えっちなことをしてしまった……なんて。言えるわけがない……

なんであんな夢を見てしまったのか。もしかして私、自分でも気が付かないうちに欲求不満になっていたのだろうか。

——確かにここ数年そういうことをしていないし、そうかもしれないけど……でも、告白された途端にこんな夢を見るなんて……

自分はどれだけ社長のことを意識しているのだろう。

「あ、ありがとうございます……もう目が覚めちゃったので、起きますね……」

いつもならまだ寝ている時間だけど、なんだかもう眠れる気がしない。

社長のことを異性として意識しだした途端、これだよ。

この先、平常心で社長と一緒に暮らしていけるのかなと、そこはかとない不安に襲われるのだった……

ちなみにこの日は、社長との同居生活が始まって初めて迎える週末だった。

夢云々《うんぬん》のことがあって早く起きた私は、あれから二度寝していた社長を強引にたたき起こし、支度をさせて一緒に部屋を出た。今は最寄り駅に近い不動産屋まで徒歩で向かっている。

「星良さん……行動が早すぎませんか？　まだ星良さんの部屋で生活して一週間も経っていないのに……」

さっきから文句や不満ばかり言う社長に、思わずため息が漏れた。

――この人、本当に自分のことは後回しなんだな。

「あのですね……いい物件を見つけたら、早めに押さえとかないとすぐになくなっちゃうんです。社長だってそれを経験してるはずですよ？」

とかなんとかもっともらしいことを言ってはいるが、内心は違う。

あんな夢を見ちゃったし、どうにかして社長には早く部屋を決めて出て行ってもらいたい。だからこそ、部屋探しに力を入れることにしたのだ。

――でないと、本当に好きになっちゃうから……!!

社長に物件の詳細を見せたところ、実際に見ないと決められないと言うので、私が担当者と連絡を取り合い、今日物件の下見に行く約束を取り付けたのだ。

並んで歩いている社長に目をやると、さっきまでうだうだしていたとは思えないほど格好だけはキマッている。服装はネイビーの長袖《そで》セーターにベージュのチノパンというシンプルな格好なのだが、なんせスタイルと顔がいいので、めちゃくちゃ様になっているのだ。

周囲を歩く人の誰も、この美男子がついさっきまで出かけることをごねまくっていたとは思うまい。ちなみに社長は、これを含めた数枚しか私服を持っていないそうだ。それもまた、私の気がかりなのだが。

――もうちょっと服を買ったらどうかって提案してみようかな。せっかくイケメンでスタイルもよくて、なんだって着こなせそうなのに、服が少なすぎて本気で勿体《もったい》ないのよね……

前職がアパレルということもあり、社長にもっといろんな服を着せてみたくてうずうずしてくる。

服を増やすなら部屋の収納は大きい方がいいな、など、私が隣でそんなことを考えているなんて、社長は思ってもいないのだろう。

「確かに、以前もちょっと部屋探しはしましたけどね……でも、本音を言えば、このまま星良さんとあの部屋で一緒に……」

「そんなのダメですって。家賃や食費を負担してくれるのはもちろんありがたいし、助かりますけど、ずっと一緒に住むのは無理です。それに、部屋探しを手伝ってくれと言ったのは社長じゃないですか。約束したからこうして手伝ってるんですよ？」

「そうですけどねえ……でも、星良さんの部屋って落ち着くんですよ」

「え」

「体が休まるし、夜もぐっすり眠れるし。今まで住んだ部屋の中で一番環境がいいと思ってます」

嘘でしょ、という気持ちを込めて社長を見る。

「本当です。きっと星良さんがいるから、癒《い》やされるんでしょうね」

にこ、と微笑まれてドキッとした。

「いや……癒《い》やされるって言われましても……」

「それと無理って具体的にどういう点が無理なんです？　教えてくれたら改善しますけど？」

「そ……それは、い、いろいろです……！」

そう言ったら、隣で社長がちょっとだけ納得のいかない顔をする。それでも、この超個人的な理由をこの人に言うわけにはいかなかった。

社長が嫌いとか一緒にいたくないということは決してない。むしろ好ましい。

だからこそ気軽に着替えられないとか、社長がいると気が抜けないとか、細かいところで緊張による気苦労が絶えないのだ。トイレやお風呂だって、壁が薄いから相手に丸聞こえな気がして落ち着かない。ちなみに、社長がトイレやお風呂に入っている時、私はイヤホンをするなど、できるだけ音が聞こえないようにしていた。

今は、この生活が期間限定だと思うから耐えられているわけで、これがこの先もずっと続くとなると気が遠くなる。

――私の気が休まる時と場所が、なさすぎる……!!

「社長は社長室とか車の中とか、一人になれる空間があるから平気なんですよ……」

ぼそっと独り言を言ったつもりだった。でも、しっかり彼の耳には届いていた。

「え。ということは、星良さんは一人の空間が欲しいってこと？　やっぱり部屋に私がいるのは邪魔かな？」

「えっ……!!」

咄嗟《とっさ》にまずいと思った。これじゃ私が社長を追い出したがっているみたいじゃないか。

焦った私は、気が付いたら社長の腕を掴んでいた。

「そうじゃないです!! こ……これまで家族以外の男性と一緒に暮らしたことがないので、どうしても緊張して、気が抜けないんです……」

正直な気持ちを打ち明けずにはいられなかった。

私の気持ちを聞いた社長がじっと私を見つめる。

「星良さんってこれまで男性と付き合ったことは？」

「あ……ありますけど、同棲の経験はないんです。だから、男性との生活にあまり免疫がないというか……私から部屋に誘っておいて本当に申し訳ないんですけど……あ、でも！ 本当に邪魔だなんて思っていません。それだけは信じてください」

気を悪くされないかが気がかりで、ハラハラした。でも、社長はすぐに笑顔になり、自分の腕を掴んでいる私の手に自分の手を重ねてくる。

「そうだったのか……いや、こちらこそ星良さんの厚意に甘えて、勝手なことばかり言って申し訳なかった。星良さんの生活に割り込んだのはこちらなのだから、私がもっと気を遣うべきだったね」

目を伏せる社長に心が痛む。

そんな顔をさせたいわけじゃなかったのに。

「いやあの、そんなに深刻にならないでください。社長は悪くないんです、私の問題なので……」

「そんなことはないよ。一緒に生活する以上、私にも責任はある。だから星良さん、一緒に生活するうえで気になることは、遠慮なくなんでも言ってほしい」

「え、遠慮なくだなんてそんな……社長は、これまでどおりで大丈夫です。すみません、変に気を遣わせてしまって。だから、気にせずマンションが決まるまでうちにいてくださいね⁉　いきなり出て行ったりしないでくださいね？」

不安になって、つい縋《すが》るように確認してしまった。これに対して社長は、穏やかに微笑んでくれた。

「もちろん。ありがとう星良さん」

ぽろっと出てしまった一言に、ここまで気遣ってくれるなんて。

社長の優しさが心に沁《し》みた。

——それなのに早く追い出そうとして、申し訳ないことしちゃったな……

感動と申し訳なさで胸がいっぱいになる。

「しかし、そうか……、一人になれる空間が欲しいなら、ちょっと考えないといけないな……」

「え。何を」

「秘密です」

綺麗な指を形のいい唇に当てて微笑む社長の美しさといったら。この顔にハートを打ち抜かれる女性はきっと多いのだろう。もちろん私も。

——こんな綺麗な顔の男性が近くにいて、意識しないなんて無理だよ……

ドキドキを抑えようと自分の胸に手を当てたまま、はー、とため息をつく。するとすぐ社長に顔を覗き込まれた。

「星良さん？　どうしました？」

「な……なんでもないです……」

胸に当てていた手をそっと下ろし、急いで誤魔化した。


ここ数日、社長のマンション探しのために通っていた不動産屋は、全国展開している有名不動産チェーンの支店。取り扱っている物件数も多いし、対応の評判もいい。それに会社の通勤経路にあって立ち寄りやすいというのが一番のポイントだった。

「こちらへどうぞ。お待ちしておりました」

私が店に入ると、すぐに担当の男性が出てきてくれた。最初、窓に貼られた賃貸情報を見ていたら、店の中から出てきて対応してくれたのがこの人だった。それをきっかけに、相談に乗ってもらっている。

「こんにちは。今日はよろしくお願いします」

私が会釈《えしゃく》をすると、担当の男性も会釈《えしゃく》を返してくれた。担当さんの名前は江藤《えとう》さん。多分年齢は私と同じくらいではないかと思う。

すらっと背が高くて、シルバーフレームのメガネをかけている江藤さんの印象は落ち着いていて、とても話しやすい。常に穏やかな表情なので初対面でも話しかけやすいのだろう。

江藤さんが、社長をちらっと見て「あ」という顔をする。

「今日はお連れの方がいらっしゃるんですね。もしかして物件をお探しの方というのは」

「はい。部屋を探しているのはこちら、のっ」

背後にいる社長を紹介しようと振り返ったら、キラキラした社長モードに変化していて、驚きのあまり声が裏返りそうになった。

「はじめまして、松永と申します。今日はお世話になります」

「あっ……いえ！　こちらこそ」

江藤さんが社長のオーラに圧倒されそうになっている。心の中でうん、わかる……と江藤さんに共感しながら、個別のブース席に社長と横並びで座った。

「以前ご紹介した物件ですが、ご覧いただけましたか？　いかがでしたでしょう」

江藤さんが社長に向かって物件の詳細をテーブルに広げながら尋ねてくる。その物件に関してはもらったその日に社長には見せた。すぐに返事がもらえそうになかったので、考えておいてくれとお願いしておいた。

――社長、あれから物件に関して何も言わなかったけど……ちゃんと考えてくれたかな。

なぜかこっちがハラハラする。

「そうですね……概《おおむ》ね問題はなさそうなのですが、部屋の広さでちょっと気になるところが」

社長が前のめりになって詳細の内容について江藤さんに質問をし始めた。

「この物件はリビングが広くていいのですが、寝室が狭いですね。それと、こちらは収納スペースが少々……」

江藤さんに淡々と質問している社長を見て、私は感動していた。

――さっきはどこか気乗りしない様子だった社長が、その気になってくれた……!!

私が感動している間も、淡々とやりとりは続いている。

「他にも条件に合う物件があると思いますので、少々お待ちください」

江藤さんが端末に向かってキーボードを叩き始めた。その間、私は社長の袖《そで》を軽く掴み、彼の耳に顔を近づける。

「どうしたんですか、急にやる気になって」

「まあ……せっかくなので妥協はしないことにしました。星良さんも協力してくれているわけですし」

にこ、と笑顔を返される。

微笑んでくれた、ということは機嫌がいいのかもしれない。

ホッとして、私も笑顔を返した。

「そうですね……今のところ、松永様のご希望に合致するお部屋は二件あります」

プリントアウトされた物件の詳細を、私と社長の二人で覗き込む。築年数が浅く、コンシェルジュサービスと、駐車場が完備されている。部屋も2LDKと社長の希望どおりだ。

一つはデザイナーズ物件で、部屋の配置が少々特殊なもの。家賃はそれなりに高い。私の部屋の何倍なんだこれ。

もう一つはファミリー層に人気の物件で、ごく一般的な部屋配置の低層タイプ。家賃はデザイナーズ物件ほどではないが、それなりにいいお値段だ。

「これ、どっちもよくないですか？　条件バッチリですよね」

「そうだね」

「じゃあ、どちらかに決め……」

「うーん……どうかな。どっちでもいいような気もするけど、違うような気もするね」

社長の言葉に、小さく「え」と声が出てしまった。

「しゃ……じゃなくて、み、稔さん？　いいと思ったら早めに決めないと、すぐになくなっちゃいますよ」

「そうですね、この物件は他にも問い合わせをもらっているので、決めていただくなら早い方がよろしいかと」

私の心配を江藤さんが肯定する。

「できれば、実際に見てみたいのですが」

確かに見てみないと実際の印象や周辺環境はわからない。

「内見をお願いしたいのですが、これからお願いできますか？」

稔さんの援護射撃をするように、江藤さんに尋ねた。

「かしこまりました。では、この二つのお部屋の内見ということでよろしいですか」

「はい。できるだけ早く見せていただけると助かるのですが」

江藤さんからの提案に社長が食いついた。

「はい。退去済みの物件ですので、すぐに内見が可能です。実際に見た方が生活した時のイメージも湧きやすいでしょうし。では、行きましょうか」

早速、私と社長は江藤さんの運転する車で二つの物件を見に行くことにした。

後部座席に座る私と社長に、江藤さんは運転しながら気さくに話しかけてくる。今日の天気の話、交通事情など、当たり障りない内容をひとしきり話したあと、江藤さんが「あの」と改まった。

「参考までに、聞いてもいいですか」

「はい、どうぞ」

黙って窓の外を見ている社長に代わり、私が返事をした。

「今探していらっしゃる物件は、お二人で住まわれるんですか？」

「違います」

「そうです」

まず私が否定し、それに被せるように、社長が肯定した。

結局どっちなのかがわからない、という空気になる。

「えーっと、あの……どちらですか？」

さすがに江藤さんが堪《こら》えきれず、笑いながら尋ねてきた。

混乱の原因を作っているのは社長だ。私は社長の腕を軽く叩いてから改めて「違います」と返事をした。

「住むのは松永です……」

恐る恐る確認するために社長を見ると、仕方ないという顔をされた。

「混乱させてすみません」

「仲がよろしいんですね」

クスクスと江藤さんに笑われて、なんだか恥ずかしくなってきた。そのあとはまたプチ不動産情報なんかを教えてもらいながら、目的の建物に到着した。駐車場は地下だ。

最初に見るのはデザイナーズマンション。駅近の四階建てで、幹線道路からすぐのところにある。

コンクリート打ちっぱなしのお洒落な外観だった。

「お洒落ですね」

建物を見上げながら呟くと、それに江藤さんが反応してくれる。

「ここは中も凝《こ》ってるんです。ちょっと面白いですよ」

エレベーターに乗り三階に向かう。外観と同じコンクリート打ちっぱなしの壁を進んでいくと内見する部屋に到着した。中は写真で見ていたとおり、リビングの隣に仕切りのないベッドルームがあったり、南にあるバスルームは一面がガラス張りだったりと、なかなか面白い造りだった。

「へえ〜〜、面白いですね。ここ」

「若い方に人気がありますね。ただ、家賃もそれなりなので諦める方も多いです」

私が江藤さんから情報を聞き出している間、社長は一人で部屋中を見て回っていた。

——どうだろう、気に入ってくれそうかな。

「み、稔さん。どうですか？」

戻ってきた社長に声をかける。

「いいと思いますよ」

「本当ですか？」

「でも、もう一件も見てみます」

「そうですね、それがいいです！」

社長の気が変わらないうちに次の物件に移動することになった。場所はデザイナーズ物件からそう離れていない。それでいて、さっきとはガラッと環境が変わって住宅街にある低層タイプのマンションだ。近くには大きな公園があり、休日には子どもを連れた家族で賑《にぎ》わうのだそうだ。

「さっきとは全然違いますね」

平置きの駐車場に車を停め、江藤さんを先頭に部屋へ向かう。公園を眺めながら何気なく呟くと、すかさず江藤さんが応《こた》えてくれた。

「そうなんです。こちらは繁華街から少し距離があるので、静かな環境を好まれる方に人気があります。やはり若いファミリー層が多いですね」

江藤さんの説明を聞きながらマンションの中に入る。さっきのデザイナーズ物件よりエントランスが広くて、エレベーターも大きなものが二基ある。コンシェルジュも笑顔で対応してくれてとても感じがいい。

部屋の中も思った以上によかった。デザイナーズの物件みたいな目新しさはなくとも、誰もが落ち着いて過ごせる間取りで、特に南側のリビングが広くていい感じだ。

――ここなら社長も気に入るんじゃないかな？

「稔さん？　どうですか……？」

キッチンを眺めていた社長に近づいてそっと聞いてみた。

「うん、いいですね。さっきの部屋より、こっちの方が落ち着くかもしれません」

「そうですか、よかった……じゃあ、ここに決めます？」

「……決めていいんですか？」

社長の部屋なのになぜか聞き返されて、意味がわからなかった。

「はい、稔さんがよければいいんじゃないですか？」

「星良さんはどう思いました？　気に入りましたか？」

「……え？　ええ、まあ。キッチンの作業台が広くていいなあって思いました。これなら何品か同時進行で料理ができそうです」

「そうですね。ご夫婦で並んで料理をしても、狭いという感じはありませんよ。よかったらこちらに立ってみてください」

「え、あ、はい」

江藤さんに誘われて、キッチンのシンク前に立つ。すると、江藤さんが私の隣に立った。

「どうでしょうか。並んで立っても狭さを感じないと思いませんか」

「本当ですね……！」

――なるほど、江藤さんも結構体が大きいけど、キッチンが広いから窮屈《きゅうくつ》な感じはしないな。

「シンクも広いから、二人で作業するのも問題なくできちゃいますね……いいなあ、広いキッチン」

「ええ、ですのでこの物件は新婚さんに人気があるんです」

「なるほど……」

三ツ口コンロや広めのシンクは、料理をする人なら便利に感じるはずだ。

キッチンに立っていると、結婚して家庭を持ったらこんな感じなのかなとイメージが湧いてくる。

「ここの収納ってどうなってますか？」

普通に尋ねてしまい「あ」となる。私が住むわけでもないのに、つい気になって聞いてしまった。

でも、江藤さんはそれについて何も言わなかった。涼しい顔でキッチン上部にある棚を手で示した。

「こちらの収納は位置が高いので、女性には少し使いにくいかもしれませんね。松永さんは身長もありますし、問題なく使用できると思いますよ。あとの収納は廊下ですね」

そう言って、江藤さんがスタスタと廊下に移動し収納スペースとなっている扉を開けた。

「わ、広いですね！　これはいろいろと入りそう……」

「はい。トイレットペーパーや大きめのタオルも問題なく収納できます」

それから「こちらがベランダです」と江藤さんがベランダに続く大きな窓を開けた。

「うわ、ベランダ広いですね」

「ええ。かなり広いので、いろいろな使い方ができますよ」

江藤さんに続いてベランダに出てみた。思った以上に広くて、テーブルや椅子を置くスペースもじゅうぶん確保できそうだ。天気のいい日はここでランチをとったり、夜は星空を眺めながらお酒を飲むのもいいかもしれない。

自分の部屋から見える景色とは比べものにならないくらい広々とした爽快《そうかい》なベランダに、思わずため息が漏れた。

——ここ、いいなあ……といっても住むのは社長ですけどね。

その社長はというと、私達についてベランダに出てきてはいるものの、会話には入ってこない。一点を見つめたまま、眉間に皺《しわ》を寄せて何かを考え込んでいる。

「稔さん、どうですか？」

社長を見ると、彼が私と江藤さんを交互に見てから、ふいっと視線を室内に逸らした。

「うーん……ここもいいと思いますが、内見をしたことで私の中に新たなこだわりポイントが見えてきてしまいました。申し訳ないのですが、部屋探しを一からやり直したいと思います」

「……は？」

社長の言ったことが理解できなくて、彼を見たまま固まってしまう。江藤さんも目を丸くしたまま、社長を見ていた。

「江藤さんには大変お世話になりました。本日はありがとうございました」

「え、あ、いえ、とんでもございません」

急にお礼を言われ、江藤さんが会釈《えしゃく》をする。社長はすぐに私の方へ向き直ると、わざとらしく微笑んだ。

「それじゃあ、もう帰りましょうか」

社長がふいっと私から視線を逸らし、さっさと玄関に行ってしまう。

――社長……？　もしかして、機嫌悪い？

よく考えてみると、これまで機嫌のよくない社長というものを見たことがなかった。

一緒にいる時はいつも優しくて、常に私を気遣ってくれつつ、たまに変なことを言う。そういう人だと思い込んでいた。

だけど、社長だって何か気に入らないことがあって気分を害することだってあるはずだ。でも、何が原因でそうなっているのかが全くわからない。

自分が何かした可能性が高いけれど、どれがいけなかったのだろう。モヤモヤしながら、江藤さんに挨拶《あいさつ》して、答えを少し待ってもらうことにした。

「すみません。近いうちにご連絡しますので」

「承知いたしました。お電話お待ちしております。ただ、お目当ての物件がなくなっていた場合はご容赦ください」

駐車場に向かう間、江藤さんと私が話していても、先を歩く社長は会話に入ってこない。これって本気でご機嫌斜めじゃないか。

せっかくの休日だし、帰りは何か美味《おい》しいものでも食べてから、夕食の買い物をして帰ろうと思っていた。でも、社長の様子を見る限り、どうもそれどころではないっぽい。

——もしかしたら、私がお節介を焼きすぎたのかな……

なんだかんだでうちに来てもらってから、あーだこーだいろいろ言いすぎたかも。今朝も、もしかしたら疲れてて、もっとゆっくり寝ていたかったかもしれないのに……

部屋が見つかるまで私の部屋にいていいと言ったのは自分なのに、社長からのアプローチに動揺して、早く出て行ってもらおうだなんて、あまりにも自分勝手だった。

自分の都合ばかり考えて、家探しを強引に進めすぎたかもしれない。

考え出したら思い当たることがありすぎる。これじゃ、社長の機嫌が悪くなるのも無理はない。

江藤さんが運転する車で不動産屋に戻り、またいい物件が見つかったら連絡をくれとお願いして店をあとにした。

社長は、さっきより機嫌は悪くないように見えるけれど、やっぱりどこか言動がぎこちない。誤魔化しながら一緒にいようと思ったけれど、やっぱり無理だ。

不動産屋を出て数メートルのところで私は「社長！」と半歩前を歩く社長に声をかけた。

「私が何か気に障るようなことをしてしまったのなら謝ります。ごめんなさい」

振り返った社長は、私を見て目をまん丸にしている。

「え？　せ、星良さん？　急にどうし……」

「私、ほんとにお節介で。たまにあるんです。夢中になりすぎて、周りが見えなくなるっていうことが。今回も、またやってしまったなと思って。……本当にすみませんでした。だからあの……気に入らないところがあれば言ってください。……今後、社長が決めた物件には口出ししないようにするので……」

「え、ちょっと待って」

焦った様子の社長の手が、私の腕に触れる。

「ただ、このままずっと私の家にっていうのはやっぱり無理があると思うんです……今後のこともあるし、できれば新しい部屋は見つけてほしいと思っていて……」

「星良さん」

腕を掴んでいる社長の手に、更に力が籠《こ》もった。

「何か勘違いしてるみたいだけど。私は星良さんに対して何も怒ったりしていないよ」

「でも……社長、二件目の内見辺りから機嫌悪いですよね？」

そう指摘すると、社長の目がわかりやすく泳いだ。

「それは……でも、本当に星良さんのせいじゃないんです。言うなれば、自分がいけないってだけで」

社長が少し恥ずかしそうに目を逸らした。

「とりあえず昼食を取りがてらどこかに入りましょう。星良さん、この辺でどこかいい店知りませんか」

社長が周囲を見ながら聞いてくる。この辺りには飲食店が多数ある。あまり情報は持ち合わせていないのだが、今の状況からいって食事ができて話せる場所ならどこでもいい。

私達は近くにあったビルの一階にある和食処に入った。

綺麗な店内に入ると、若い女性スタッフが奥の座敷席に案内してくれる。席と席の間に仕切りもあるし、靴を脱いで上がるタイプの小上がり席は個人的に好きだった。ここでならゆったりと話ができそうだ。

この店は天ぷらが売りということなので、天丼の並盛りを二つ注文した。天丼の他に、味噌汁とお新香がついてくるらしい。

サービスのお茶を飲みながら、じっと社長を見つめる。私の視線に観念したように、社長が私を見て困り顔になった。

「……私、そんなに態度に出てました？」

どうやら本人には自覚がなかったらしい。

「江藤さんは気付いていたかどうかわかりませんけど、私はわかりましたよ」

「すみません。感情を抑えていたつもりでいたんですけど、本当につもりだったみたいです」

社長が両手で顔を覆《おお》う。

——だから、不機嫌の原因はなんなんだ。

「あの、どこか具合が悪かったとかですか……？　もしかして、朝食が合わなかったとか……」

「違います、そういうことではないです。ではなくて……簡単に言うと嫉妬です」

言われたことが、すぐには理解できなかった。数秒経過してから、やっと声が出た。

「え。し……嫉妬って、何に……」

「江藤さんにです」

「はっ……？　江藤さん？　なんで……どこに嫉妬する要素があったんですか？」

普通に物件の説明をしていただけの江藤さんに嫉妬するって、どういうこと？

理解できなくて混乱する。すると社長が、はあ……と、ため息をついてから私を見た。

「江藤さん、星良さんに何回触りました？」

「……え？　触ってましたっけ？」

「触ってましたよ。エレベーターから降りる時や、物件の部屋から出る時にも背中に触れてました。私が見ていた限り、四回は触っています」

「そ……そうでしたっけ……？」

全然そんな記憶がない。というか、社長はずっと見ていたということなのか？

「それだけじゃありません。キッチンで夫婦のように並んでみたり、見つめ合ったり。私が数えていただけでも五回は見つめ合っていました」

社長が苦々しく訴えてくるけれど、こっちはまるっきり身に覚えがない。そもそも見つめ合っていたのではなく、ただ会話をしていただけだ。それをいちいちカウントしていたというのか。

唖然としたまま社長を見ていると、彼が苦しい心の内を明かす。

「私も自分のことながら驚いているんです。なんて心が狭い男なんだろうと……でも、星良さんが他の男といるだけでダメなんです。醜《みにく》い感情が溢《あふ》れ出して、自分で制御できないんです……!!」

「そんなに……？」

それってつまりは、独占欲というやつかしら……？

まさか自分がここまで社長に想われているなんて、思いもしなかった。
もちろん、社長のそんな行動に驚いてはいる。自分には全く興味がないのに、なぜ私に対しては
こんなにも執着心を見せるのか。
もしかしたら、この人は自分に関心がない代わりに、気になった相手にとことん執着するタイプ
なのかもしれない……
普通に考えたら引く。正直またかとも思った。でも、社会的な立場のある人なのに、こんな不器
用な恋愛の仕方をするなんて。しかも、それが私に向けられたものだと思ったら、ときめいてし
まっている自分がいる。
——好ましく思っている男性に、そこまで好かれているなんて、女冥利《みょうり》に尽きるのでは……？
このタイミングで知ることになった、社長の新たな一面。困惑する部分もあるけれど、正直に
言って今の私はそんな社長にドキドキしていた。
——う……まずい。社長のこと直視できないよ……落ち着かないと……!!
「でも、内見はしてよかったと思っています」
「え」
「広い部屋で楽しそうにしている星良さんを見ていたら、もっと真剣になって部屋探しをしないと
いけないと改めて感じました。自分の部屋ですからね」
朝とは別人のようだ。そんな社長に驚きはするけど、素直に嬉しく思う。
「そうですか……よかったです……！」

考え方が変わった社長を見て、心底ホッとした。今日の内見は無駄じゃなかった。お節介かと思ったけど、連れてきてよかったと思う。

お互いに一旦お茶を飲みながら、和風の店内を眺めていると、店員さんが大きなトレイに丼《どんぶり》を載せてやってきた。

「お待たせしました〜、天丼です。お味噌汁は熱くなってますので、気を付けてくださいね」

目の前に置かれた丼《どんぶり》から、エビの尻尾《しっぽ》が飛び出している。想像していた以上のボリュームに、私も社長も、しばし丼《どんぶり》に目を奪われてしまった。

「うわ〜。これ、蓋《ふた》をしてても、もうなんかすごくないですか？」

「本当だね、並盛りを頼んだはずだけど……並でこれなのか」

二人がほぼ同じタイミングで蓋《ふた》を開けた。丼《どんぶり》の上に、これでもかと載せられた天ぷらのボリュームがものすごい。

エビ、まいたけ、カボチャ、ナス、ししとう。それと白身魚はキスだろうか。天ぷらにはいい匂いの天つゆがくぐらせてあり、下のご飯までしっかり染み込んでいる。

――うわあ……美味《おい》しそう!!

「天つゆの匂いがいいですね〜。ね、しゃちょ……あっ、すみません」

「なんで謝るの？　私も同じことを考えてましたよ。食欲をそそりますよね」

「だって……社長は、普段からいいものをたくさん食べてるでしょうし、これくらい普通かなって……」

「いいえ。私、腹を満たせればなんだっていいので、豪華な食事とは縁遠いのですよ」

いただきまーす、と手を合わせている社長に倣《なら》って私も手を合わせた。

「え、じゃあ食事って、どうしてたんですか」

「そんなの、適当にその辺のコンビニで調達してましたよ。基本おにぎりを食べて終わり、かな」

突っ込みどころが多すぎて、もう何も言えない。

「……社長……」

——社長、どうしてそう、あらゆることに無頓着《むとんちゃく》なの……？　本当によく今まで、体調も崩さずに無事生活できてたよね。奇跡じゃないかしら……

社長って、実は強運の持ち主なのかもしれない。いや、きっとそうだ。

そんなことを考えている私に、味噌汁に口をつけてから社長が聞いてくる。

「じゃあ、星良さんはどういうものが好きなんです？　家では和食が多いようですが」

「え、ああ、それは和食くらいしか作れないからという理由がありまして……本当は、洋食も好きなんですよ。この前社長が連れて行ってくれたお店のパスタも美味《おい》しかったし」

「へえ……そうでしたか」

「はい。簡単に言うと、美味《おい》しいものはなんでも好きです」

まとめたら、社長がふふっ、と微笑む。

「なんだか星良さんらしい。そういうところも可愛いですよ」

「えっ。や、やめてくださいよ……社長はすぐ可愛いとか言うんだから……」

照れていると、社長がふと顔を上げた。

「あれ。そういえばさっきは稔さんって呼んでくれたのに、また戻ってるね？　あ、このエビ旨い」

サクッという音を立てながら、社長が美味《おい》しそうにエビ天を食べている。私も食べたけど、衣がサックサクで甘辛いタレがエビの甘さを更に引き立てていて、とても美味《おい》しかった。

二人とも苦しい苦しいと言いながら、完食した。

お昼ご飯でこんなに満腹感を得てしまうと、夕飯のことが全く考えられなくなる。それは、社長も同じだったらしい。

「夜までにちゃんと消化できるか心配なレベルですね」

「あはは、私もです。お昼にこんなに満腹になるのは久しぶりです」

「あ、星良さん」

いきなり社長が私の肩を抱き、自分の方へ引き寄せた。えっ、と思っていると前方からなかなかのスピードを出した自転車が、私のすぐ横を通り抜けていった。

「わっ。全然気付かなかった……ありがとうございます」

「いいえ。しかし今のは完全にあちらのスピード違反でしたよ、全く……危ないな」

文句を言いながら肩に触れていた手がスッと離れていった。それをほんの少しだけ寂しいと思う。

そんな自分の変化に少しだけ驚いた。

変わっているけれど、すごく優しい人……

「じゃ、腹ごなしに歩いて帰りますか」

「はい、そうしましょう……」

社長の提案に乗っかって、私達はアパートまでの道のりをのんびり歩いて帰ることにした。

なんだかんだ言って、社長に絆《ほだ》されつつある。

並んで歩く社長をこっそりチラ見しながら、それをありありと自覚する私なのだった。


そのあと私達は、夕飯と翌日の食材を買ってアパートに戻ってきた。冷蔵庫に買ってきたものをしまい、とりあえず一休み、とばかりに二人とも部屋で思い思いに過ごしている。

私は今週撮り溜めていたテレビ番組を見て、社長はヘッドホンをしながらちゃぶ台に載せたノートパソコンと向き合っている。

テレビも気になるけれど、社長のことも気になって、チラチラと見てしまう。

変な人だなあと思うことは多いけれど、こうやって仕事をしている姿はすごく様になっている。

——こうして見ていると、やっぱり格好いいんだよね……

家柄も仕事もちゃんとしているし、自分にとことん無頓着《むとんちゃく》という点はあるけれど、優しくて男性としての魅力に溢《あふ》れていると思う。

そんな人とアパートで同居しているうえに、好かれているだなんて。やっぱりまだ信じられない。

なんて考えていたら、いきなり社長が顔を上げたのでビクッとしてしまった。

「星良さん」

「はっ、はい！」

「仕事のことで秘書と話があるので、しばらく車の中にいますね。一応、機密事項も含まれるのでここでは話せないんです」

申し訳なさそうに微笑む社長を見て、頷いた。

「わかりました、あの、全然気にしないでください!!　むしろ気を遣わせちゃってすみません」

――そっか。そりゃ、社長だもの。休みでも仕事することはあるのよね……

逆にプライベートスペースがないことを申し訳なく思う。

「いや、こっちこそせっかくの休みなのに、私がいることで星良さんがくつろげないのではないかと思うと申し訳なくて」

「そんなことないですよ。そりゃあ、ちょっとは緊張しますけど、ちゃんとのんびりできてます」

そう言っても社長は申し訳なさそうな顔をしているので、気にしているらしい。

――なんだか逆に、申し訳ないなあ……

「じゃ、いってきます」

「いってらっしゃい」

パソコンを小脇に抱えて部屋を出て行く社長を見送ったあと、突然一人の時間がやってきたことでちょっとだけ気が抜けた。

社長って変な人だけど、人に対しての気遣いは人一倍って気がする。だから仕事以外では人と関わりたくなくなってしまうのかも。

そんな人が、ここにいると落ち着く、ゆっくり休めると言っていたことを思い出して、胸がキリキリしてきた。

早く部屋を見つけて出て行ってほしいとは思うけれど、本当にそれでいいのかな。元の生活に戻ったら、また自分に無頓着《むとんちゃく》な生活を送るのかもしれない。その結果体を壊すようなことがあれば、きっと私は後悔すると思う。

だったら無理矢理引っ越しさせたりせず、このままの方がいいのだろうか……？

彼に対する態度に迷い始めていることを、改めて思い知った。

静かに社長のことを受け入れ始めている自分に戸惑うけれど、事実なのだからどうにもできない。

「どうしたらいいんだろう……」

とりあえず社長がいない間に掃除をしたり、洗濯物を片付けたりした。夕飯の献立を考えながら部屋の時計を見ると、三時間ほど経過していた。

――社長、まだ仕事してるのかな……？

戻ってこない社長のことが気になって、そわそわしてくる。

あまりに気になったので、社長の様子を見るために外に出た。しかし、ガレージには大家さんの車しか停まっていない。

「え。あれ……いない」

周囲を見回したけれど、社長の車は見当たらなかった。

――社長、どこに行ったんだろう？

ガレージの前で立ち尽くす。もしかしたら、秘書さんとの話の成り行きで出社することになった、とか？

――何かトラブルとかがあったのだろうか……

心配しつつ、私はアパートに引き返した。

だけどそこから更に三十分経っても一時間経っても、社長からの連絡はない。そうなると、どうしたって私の中のお節介の血がむずむずしてきて、社長がどうしてるか気になって落ち着かなくなる。

――ど、ど、どうしよう……まさかとは思うけど、また車の中で寝ちゃってたりしないよね？　それより道で寝てたらどうしよう⁉

彼と私は恋人でもなんでもない。そもそも社長がただの同居人である私に、行動をいちいち説明する必要なんかないのだ。

――そこのところを、ちゃんと理解しよう私。

気持ちを落ち着かせつつ、セルフつっこみを入れてはみるけれど、どうしたって落ち着かない。部屋の中をうろうろしたり、スマホに社長からのメッセージはないかと何度もチェックしたりしてしまう。

なんでこんなにも気になるのか。

それは経験上、自分でも思い当たる理由があった。

――絆《ほだ》されちゃダメだって、わかってるのに……‼

なんだかんだで、もう答えは出ていた。

結局私は、面倒で手のかかる男に引っかかりやすいということなのだ。

「か……帰ってこないんですけど……」

悶々《もんもん》としながら待ち続け、それでも社長は戻らず三時間近くが経過した。

時計をチラチラ見ては、じっとしていた私だったが、そろそろ我慢も限界になってしまう。

「〜〜〜っ、ダメだ、もうじっとしていられない!!」

仕事中だと思ってずっとメッセージを送るのも我慢していたけど、もう限界だった。メッセージアプリの音声通話機能で社長に電話をかけた。コール音が数回鳴ったあと、社長が電話に出てくれた。

『はい。星良さん?』

「社長、今どこですか? ガレージにいると思ったらいないから……」

『え。もしかして心配をかけてしまいましたか。申し訳ない。でも』

社長の会話が一旦途切れた。そして、玄関からガチャガチャと鍵を開ける音が聞こえてくる。慌ててそちらを向いた。

『今帰宅しました』

その言葉と共に、ドアの向こうから社長が現れた。彼の手には、出て行った時と同じパソコンの入ったバッグとは別に、大きな紙袋とビニール袋が追加されている。

「お帰りなさい。ていうか……、買い物に行ってたんですか？　なんだ……」

想像していたような理由でいなくなったわけじゃなかったんだ。よかった～～。

心から安堵して気が抜ける。

「すみません。急に用事を思い出しまして……」

そう言って私に近づいてきた社長が、大きな紙袋の中から花束を取り出し、私に差し出してきた。

しかも、真っ赤な薔薇《ばら》の花束。

「なっ……ど、どうしたんですかこれ⁉」

抱えたら顔が隠れてしまうくらいのボリュームの花束なんて、いまだかつてもらったことはない。

これを社長が買ってきた理由がわからなくて、私の頭の中はクエスチョンマークだらけになる。

「日頃の感謝の気持ちを込めて。よく考えたら、まだ星良さんにちゃんとしたお礼をしていなかったなと」

「お礼なら……ちゃんともらいましたよ？　あの夜のことなら、お食事も奢《おご》っていただいたし、家賃や食費も負担していただいて……あ、お米も」

てっきり私はそのことだと思ったのだが、違うらしい。社長自身が「違う」と否定したからだ。

「ここに住まわせてもらってから、めちゃくちゃ世話になってるので」

社長が目を伏せて、静かに自分のことを語り始める。

「私はこれまで、自分のことはわりとどうでもいいと思って生きてきたんだ。もちろん立場上、表には出さないけどね。だけど実際は、自分のことは必要最低限でいい、なんなら生きてりゃいいくらいに思ってたんです」

「そ……それはちょっと、極端かと思いますが……」

冷静なつっこみに、社長がふっと笑った。

「なのに、星良さんと生活を始めたら、それが変わったんです。自分に関心のない私に代わって、星良さんが私のことを気に掛けてくれた。本気で体のことを気遣ってくれた。手作りの温かいご飯が美味《おい》しいということや、整えられた部屋での睡眠は心地よいものだと改めて思い知ったんです。星良さんとの生活のおかげで、意味がないと思っていたものが実は大事なものだったとわかりました。それを知ることができたのは、私の中で大きな変化でした」

私との生活を社長がどう思っているのか、ずっと気になっていた。

社長がそんな風に思っていてくれたなんて、びっくりだった。

「それに何より、星良さんとの毎日が楽しい。私の生活を気に掛けて今の環境を与えてくれただけでもありがたいのに、私が帰宅するまで夕食を食べずに待っててくれたり、体のことを考えてメニューを決めてくれたり。なんかもう……星良さんには感謝してもしきれなくて……」

伏し目がちに社長が思いを吐露《とろ》する。

「あ、ありがとうございます。……嬉しいです……私、いつもやりすぎちゃうから、そんな風に思ってくれて嬉しいです」

社長がビニール袋の中から白い箱を取り出した。それはどう見てもケーキの入っている箱だ。

「も、もしかして……これ……」

「星良さん、あと少しで誕生日でしょ？　ケーキを買ってきたので一緒に食べましょう」

社長がケーキの入った箱をキッチンの作業台に置く。蓋《ふた》を開けて中を覗き込むと、二人で食べるのにちょうどいい大きさのホールのショートケーキ。その上には【ＨＡＰＰＹ　ＢＩＲＴＨＤＡＹ　ＤＥＡＲ　ＳＥＩＲＡ】と書かれたチョコレートのプレートが載っていた。

――嘘……

すぐ隣にいる社長を見上げると、ちょっと恥ずかしそうに私から目を逸らした。

「すみません、実は星良さんのカレンダーにチェックしてあった誕生日を見てしまったんです。それで、星良さんへ感謝の気持ちを伝えるのに、ちょうどいいかな、と……」

照れながら話す社長から目が離せない。

なんでこの人って、自分には無頓着《むとんちゃく》なくせに、私にはこんなにいろいろしてくれるんだろう。

こんなことされたら、どんなに気持ちにブレーキをかけたって、この人を好きになってしまうではないか。

「実は女性にケーキや花束を贈ったのはこれが初めてで。店も何もわからないので、秘書課にいる女性に教えてもらったんですよ。それでちょっと手間取りまして、予想外に時間がかかってしまいました。星良さんが気に入ってくれるといいんですが。あ、でも、勝手にカレンダーを見て誕生日の情報仕入れるの、ちょっと気持ち悪かったですね……すみません。これじゃ私もストーカーって言われ……」

「言いません」

社長が早口で捲《まく》し立てているところに割り込み、断言した。驚いた社長が、口を閉じて私を見つめてくる。

「社長に知られるのはいいです。むしろ、嬉しいです……」

「星良さん？　あの、そんな風に言われると、勝手にあなたが私に好意を持っていると解釈してしまいますよ」

「はい」

さっきの言葉で、完全に絆《ほだ》されてしまった。

手がかかるけど、今まで出会った男性の誰よりも優しい社長のことを、心から好きになってしまった。もう気持ちを抑えるなんて無理だ。

「星良さん、今のは本当に……」

「本当です」

「星良さん……」

いつもより若干熱を帯びた目で、社長が私を見つめてくる。それが何を意味するのかわからないほど子どもではない。

「私も星良さんのことが好きです。厄介になっているから言っているのではありません。私に声をかけてくれたあの夜から、私はずっと星良さんを想っています」

最後の想っています、が頭の中で何度もリピートされる。

素直に嬉しい。体中から、社長への愛が溢《あふ》れ出して止まらなくなる。

「もちろん、最初は助けてくれたことへの恩義の方が強かった。でも、あなたに会いに行くうちに、それはあっという間に恋愛感情に変わったんです。まあ、自分でもそうなる予感はしていたんですが。最初に見た時から、素敵な方だと思っていたので」

ずっと真顔だった社長が笑顔になる。

「それだけ星良さんが魅力的だったということです。だから星良さん。私の恋人になってくれませんか」

社長が私に近づいてくる。そして自然な動作で私の手を取ると、その手を口元に持っていった。

「しゃ……み、稔さん……」

「どうか私に愛されてください、星良さん」

愛の言葉と一緒に、手の甲に唇の感触が降りてくる。愛されてくれ、なんていう刺激の強い言葉のせいで、腰の抜けた私はその場にへたり込んでしまった。

私の手を掴んだまま、彼も一緒になって床に座り込む。

「星良さん、返事は？」

「……は、はい……私でよかったら、ぜひ……」

そう返事をしたら、社長改め稔さんの表情に安堵が浮かぶ。

「よかった。これで断られたらどうしようかと思った。……断られても、逃がさないけど」

「え？」

「なんでもないです。じゃ、ケーキでも食べようか」

「は……」

はい、と返事をしようとしたら、いきなり稔さんの綺麗な顔が近づいてきた。え？　と思うのと、唇に柔らかいものが触れたのはほぼ同時で、全身がフリーズしたように固まってしまう。

「星良さんの唇、柔らかいですね。あ、ケーキは私が切りますね」

「……あ、あの……」

たった今キスをしたばかりだというのに、全く動じることなく話している稔さんに面食らう。ここ、照れるところじゃないの？

「包丁借りるよ？」

キッチンの作業台でケーキをカットし始めた稔さんを、私はしばらくの間床にへたり込んだまま見つめていたのだった。

稔さんの買ってきてくれたケーキは、とてもとても美味《おい》しかった。

どうやら秘書さんに教えてもらったという店は、超有名なパティシエのいるパティスリーだったらしい。事前に電話をしてケーキを用意してもらう間、花を買いに行ったり車で周辺をぶらぶらしたりしていたのだそうだ。

「そ……それならそうと言ってくれればいいのに。私、本気で心配したんですよ……」

「言ったらサプライズにならないでしょ。せっかくだから驚かせたかったんですよ。まあ、男の夢みたいなものだと思ってください」

自分に対してはあれほど無頓着《むとんちゃく》な社長が、まさかこんなマメなことをしてくれるとは……!!

まるで別人のような豹変《ひょうへん》ぶりに唖然とする。

「……自分にもこれくらい手をかけてくださいよ……」

「それとこれとは話が別です。私のことは星良さんが気に掛けてくださると嬉しいです」

――そ、そういうものなの……？

父も、母の誕生日になんの前触れもなくいきなり花束を買ってきたこととかあったっけ。

実家にいた時のことを思い出しながら、ケーキと紅茶を堪能した。

「でも、この時間にケーキを食べちゃったら、夕飯は入らないですよね。稔さんはどうですか？」

今の時刻は六時を過ぎている。夕食はほぼできているが、しばらくお腹は空《す》きそうにない。

「あとでいただくよ。今はそれよりもやりたいことがあるから」

いつの間にか背後にやってきた稔さんに、抱き締められた。

「星良さん、柔らかくていい匂いがします」

首筋に顔を埋《うず》め、くんくんと首の匂いを嗅がれた。

「ま、待ってください……私、まだお風呂に入ってないから……!!」

「じゃあ一緒に入ろうか？」

けろりとそんなことを言う稔さんに、反射的に「無理」と言ってしまう。これには相手もショックを受けたようだった。

「そんなにはっきり拒絶しなくても……」

苦笑する稔さんを前に、ちょっとだけ申し訳ないという気持ちが湧いた。

でも、恥ずかしいものは恥ずかしいのだ。

「あの……ほら、うちのお風呂は狭いから‼　浴槽なんか、一人で入るのが精一杯だし……」

「浴槽に入らなくてもいいよ、シャワーだけでも」

「それはそれで恥ずかしいです！」

「じゃあ、先にもっと恥ずかしいことする？」

――もっと恥ずかしいこと……？

何気なく言われた言葉を、頭の中で何度も繰り返す。それって、もしかして……

これまで肩越しに見ていた稔さんに体を向け、しっかりと目を合わせた。

「えっと、それは……」

「いや？」

稔さんの声にどことなく甘さが含まれている。

――せ……せっくす、だ……

恋人関係になったら、稔さんとそういうことをするというのは、もちろんわかっている。実を言うと、何回か想像だってしてた。

けれど、こんなに早くその日がやってくるとは思わなかったのだ。

「本音を言うと、毎日好きな人が近くで寝ている環境は、精神的には非常によろしくなかった。気を抜くと寝込みを襲ってしまいそうで、理性を働かせることにかなり労力を使いましたよ」

「そ、そんなに？」

あんなに寝付きがよかったのに、そんなの全然気が付かなかった。

「まあ、私も健康な男なので」

「その……し、してもいいんですけど、私、久しぶりすぎて、緊張してて……」

しどろもどろで説明する。でも、私が敢《あ》えて言わずとも、稔さんは全てわかっているようだった。

「大丈夫、安心して」

その一言で、なんだか本当に安心してしまった。この人ならきっと私を大切にしてくれる。優しくしてくれるのではないかと思った。

だったらいいか。というか、この人に触れてほしい。

心からこう思った私は、無言のまま稔さんに抱きついた。

「……よ、よろしくお願いします」

ちょうど私が顔を押しつけたのは、稔さんの胸の辺り。心臓の鼓動がいつもより大きいと感じるのは、私もドキドキしているからだろうか。

「じゃあ、星良さん。来て」

稔さんが私の腕を掴み部屋を移動する。彼は自分が使用している布団を手早く敷くと、そこにあぐらをかくように座り、私を手招きする。

「はい、どうぞ。ここに座って？」

ここ、と言ってあぐらの真ん中を指で差す。とりあえず言うとおりにしようと思った私は、なんの疑いもなく、稔さんと向かい合わせになる格好で腰を下ろした。

「ふふ。星良さん、素直で可愛い」

「だ、だって……稔さんが座れって言うから……」

「そういうところが好きだ」

笑顔で私の頭を撫でる稔さんの雰囲気が、これまでにないくらい甘い。急にただの同居人から恋人に変わった感がすごくて、めちゃくちゃ恥ずかしくなった。

——う……なんか、稔さんこれまでと全然違う……！

これまでは私が世話を焼く側だったのに、今は完全に主導権は彼にある。

「星良さん、口を開けて」

言われるまま、ほんの少し口を開く。稔さんの綺麗な顔が近づいてきて、あっという間に唇が重ねられた。腰と頬に手を添えられ、唇を割って舌が差し込まれる。いきなりぬるっとしたものが口の中に入ってきた驚きで、体がビクンと大きく揺れてしまった。

最初は固まっていた私だけど、彼の舌に誘われて自分からも舌を絡めにいった。久しぶりすぎてぎこちないかもしれないが、こればかりは仕方ない。本能のまま動かすだけだ。

そんな私を導くように、稔さんはゆっくりと舌を絡めながら、時折私の舌や下唇を吸ったりしてくる。私が想像する以上に、キスの時間は長かった。

——キスって……もっと短いものだと思ってたけど、違うんだ……

これまでの経験と全然違う。なんだかもう、これだけでセックスって言えるんじゃない？　ってくらい体がとろとろになる。毛穴から蒸気が吹き出そうなほどに熱くて、頭がぼーっとしてきた。キスだけでこんな状態だと、このあと私はどうなってしまうんだろう。それを想像したら、ほんの少しだけ、この先の行為が怖くなった。

キスの最中、頭の片隅でこんなことばかり考えてしまう。

「……ん？　もう蕩《とろ》けた目だ」

「へ……？」

唇を一旦放した稔さんが、額を突き合わせながら微笑む。その顔が綺麗で見惚れていると、服の中に彼の手が入ってきた。

「あっ……」

「星良さんって、結構着痩《や》せするんだね」

稔さんの手が、ブラジャーごと私の乳房を掴む。そのままぐねぐねと乳房を捏《こ》ねたあと、背中に回した手で、あっさりとホックを外してしまった。途端に胸の辺りの締め付けが消え、代わりに彼の手が直《じか》に乳房を覆《おお》ってくる。

「やっぱり。星良さん、胸が大きい」

「そ……そんなことないです、普通です……」

「体が細いわりには大きいってことです。服、脱がしますね」

私が止める間もなく、着ていたTシャツとブラを一緒に頭から引き抜かれてしまう。上半身は何も身につけていない状態になり、一気に羞恥心《しゅうちしん》が込み上げてくる。

「あの……できれば、電気を消すとかしてもらえませんか」

「ダメ」

いつも優しい稔さんからのダメ出しに、軽く目を見張る。彼は私の乳房に両手を添え、そこに顔を寄せた。

「暗くしたら星良さんの肌がどんな色をしているか、よく見えないから」

「でも、あの……恥ずかしい……んっ！」

言葉の途中で、稔さんが乳房の先端を口に含んだ。そのまま、ねっとりと舌で舐《な》められる。ざらついた舌で胸の敏感なところに触れられる度、快感が生まれて下腹部に甘い痺《しび》れが走った。意図せず口から甘い吐息が漏れ出してしまう。

「あ……っ、ん、んっ……は……あっ」

下腹部がじわじわと熱くなってきて、快感で溢《あふ》れ出した蜜がショーツを濡らしていく。

「星良さん、腰が動いてる。気持ちいい？」

胸元からピチャピチャと音がする。左右の乳房の先端を交互に舐《ねぶ》られ、そこが部屋の明かりに照らされ光っているのが、なんともいやらしく感じた。

「き……もち、いい……」

嘘はつけなかった。だって、本当に心の底から、気持ちいいと思ったから。正直、恋人からされる愛撫《あいぶ》を、ここまで気持ちいいと思ったのは初めてだった。

まだキスと軽い愛撫《あいぶ》だけなのに、ハアハアと息が上がってきている。心なしか稔さんの吐息も荒くなっていて、額には汗が滲《にじ》んでいた。

その姿に激しくときめいた。やっぱり私、この人のことが大好きだ。

「あっ……み、稔さんっ……私……」

「星良さん」

昂《たかぶ》った気持ちのまま、好きだと言おうとした。でも、胸元から顔を上げた稔さんが、私の口を唇で塞いでくる。言おうとしたことなど、口にしなくてもわかっていると言いたげに、彼のキスは甘く丁寧だった。

キスをしながらそっと布団に寝かされる。彼は愛撫《あいぶ》を続けながら、キスを唇から首筋に移し、そこから鎖骨を経て胸に到達させた。時々強めに肌を吸い上げられて、小さな痛みを感じる。見てみると、そこには赤い痕《あと》が残されていた。

——稔さんにつけられた痕《あと》……

そんなことすら嬉しく思ってしまう。それほど自分はこの人が好きなのだと、改めて思い知らされた。

「……あっ」

胸からお腹にキスを移動させた稔さんが、下半身を覆《おお》っていたハーフパンツをずり下げた。ショーツが露出し、太股《ふともも》が外気に晒《さら》される。彼はためらうことなく、ショーツも下げようとする。

もちろん覚悟はしていた——はずなのに、反射的にその手を上から押さえてしまう。

「星良さん？」

ショーツの端を掴んでいる稔さんが、困惑気味に私を見る。

「ご、ごめんなさい。あの……なんていうか、緊張してて……こんなに丁寧に愛撫《あいぶ》されたの、初めてだから……そのっ」

私の言葉に稔さんの眉がピクッと動く。

「……え？　そうなの？」

「あっ！」

うっかり過去のことを口にしてしまった。

「ごめんなさいっ、あの、誰かと比べてるとか、そういうわけじゃなくて……」

「うん、わかってる。過去の奴らは星良さんを丁寧に愛してくれなかった、ってことだよね？」

稔さんが顔を近づけ、唇を押しつけた。そして何度も舌を絡ませたあと、銀糸を引きながら離れていった。

「俺は、誰よりも星良さんを丁寧に愛するよ。だから、信じて」

好きな人に、信じてなんて言われてしまったら、もう何も反論できない。私は押さえていた彼の手から自分の手をどけた。

するっとショーツが脱がされて、一糸まとわぬ姿にされた。

――覚悟はしたけど、やっぱり恥ずかしい……!!

「星良さん、すごく綺麗」

全身を見つめながら、稔さんが呟く。ちらっと彼を見れば、どこか恍惚《こうこつ》とした、まるで美術品を見るような目で私の体を見下ろしていた。

「そ、そんなことないです……」

「いや、綺麗だよ。触れるのをためらうくらい。でも、今から抱くけど」

そう言うなり、稔さんが勢いよく服を脱ぎ捨てた。そして、ボクサーショーツ一枚になって私を組み敷いてくる。

「あのね、星良さん」

私を見下ろす稔さんの目が、いつもより熱い。

今からこの人と繋がるのだと思うと、心臓が痛いくらいにドキドキしてくる。

「はい……？」

「もちろん優しくするけど……」

「……けど？」

「途中でいろいろ止められなくなったら、ごめんなさい」

「いろいろって……あ、んっ……！」

稔さんが勢いよく首筋に吸い付いてきた。かと思えば、すぐに噛みつくようなキスをされる。息をつく暇も与えられない、激しいキス。なんとかそれに応《こた》えようとするけれど、彼の舌の動きについていくのは至難の業《わざ》だ。

「ふ、あ……っ、みのる、さ……」

「星良」

初めて名前を呼び捨てされた。その瞬間、お腹の奥の方がきゅうんと疼《うず》いて、股間の辺りがむず痒《がゆ》くなった。

——なんか……もうイキそう……

太股を擦り合わせてむず痒さを誤魔化していると、彼の手が股間に触れてくる。

稔さんに触れられていると思うと、緊張はマックスに達した。

「……星良。そんなに緊張しないで」

「だ……だって……ひ、久しぶり、だし……」

「大丈夫。優しくするから。足を開いて」

無意識のうちに足を閉じていた。彼を信じて薄く足を開くと、その隙間から指が侵入し、繁みの奥を優しく愛撫《あいぶ》される。

ただ触れるだけの愛撫《あいぶ》なのに、感じる刺激は大きい。気が付けば背中を反《そ》らして快感に悶《もだ》えていた。

「あっ！　ん、んっ……！」

「大丈夫？　俺に触れられるの嫌じゃない？」

聞かれたことに対して、首を横に振った。

「嫌じゃないです……でも、こんなこと、稔さんにしか……あっ！」

話の途中も彼は愛撫《あいぶ》の手を止めてくれない。

「……俺にしか、何？」

「っ……、み、稔さんにしか、触ってほしくない……って言おうと……」

口元を手で覆《おお》いながら、言ってすぐ彼から目を逸らした。よく考えたら結構恥ずかしいことを言っていると気が付いたから。

相手の反応が気になって視線を戻すと、稔さんの顔には満面の笑みが浮かんでいた。

「星良、可愛すぎる」

気をよくしたらしい彼は、股間への愛撫《あいぶ》に加えて、胸の先を吸ったり、舐《な》めたりし始めた。同時に二か所から与えられる刺激が大きすぎて、快感を逃がしようがない。そうこうしているうちに、速度を増して高まりつつあった自分の中の快感が、頂点へと向かっていく。

「やっ、あ、あっ、だ、だめっ……きちゃうっ……あ、あああっ」

「ん？　イキそうなの？　じゃあ」

じゃあって何⁇　と頭の中がクエスチョンマークでいっぱいになる。

稔さんはスッと体を股間の方へずらし、あろうことか一番見られたくない場所に顔を埋《うず》めた。

――ひっ……！

「や、やだ、やめて」

「大丈夫。星良を気持ちよくするだけだよ」

そう言って彼は、今まで指でしていた愛撫《あいぶ》を舌で行《おこな》った。指で触れられるのとは違い、熱く柔らかな舌で愛撫《あいぶ》されるとビリビリと電流のような快感が背筋に走った。

彼は舌での愛撫《あいぶ》だけでなく、蜜口から指を差し入れ最奥《さいおう》を擦ってくる。

恥ずかしい、やめて。という思いに反して、体は正直に反応していた。とめどなく蜜が溢《あふ》れ出し、お尻の辺りまで伝ってきているのがわかる。

「あああっ！　や、やあっ……!!　だめだって……!!」

――おかしくなっちゃう……!!

反射的に稔さんの頭を手で押さえて、行為を止めようとしたけれどびくともしない。

このままでは……ヤバい。本能で危険を感じながらも、彼にされるままになってしまう。

それからすぐに、高まっていた快感の塊《かたまり》みたいなものが一気に押し寄せてきた。

「あ……、あ、あ、んんっ――――っ!!」

足のつま先がぴんと伸び、頭の中が真っ白になった。何も考えることができないまま数秒経つと、全身から力が抜けて布団に吸い込まれそうになる。

――は……ヤバ……めちゃくちゃ気持ちよかった……

あまりの気持ちよさに天井を見つめてぼーっとしていると、今の今まで股間への愛撫《あいぶ》を続けていた稔さんが顔を上げた。

抜いた指に絡まった蜜を舐《な》め取りながらこっちを見る姿に、恥ずかしさでいたたまれなくなる。

「イッたんだ。よかったね」

稔さんの顔がなんだか嬉しそう。

でも、お付き合いして初っぱなのセックスで達するなんて、私としては初めてのことだった。

――それはきっと、稔さんがじょ、上手……だから……なのかな……

そんなことを、まだぼんやりする頭で考えていると、稔さんが布団の上から自分のバッグに手を伸ばす。普段会社に持ち歩いているバッグのポケットから、箱を取り出した。よく見ればそれは避妊具だったので、ギョッとしてしまった。

「あの……普段、それ、持ち歩いて……？」

「いつも持ち歩いてるわけじゃないよ。星良のことを意識し始めてから、かな？」

クスクス笑いながら、彼が箱の中から出した避妊具の封をビリッと開ける。そして、自分の下着を脱ぎ始めたので、思わず目を逸らしてしまった。なんだか見てはいけないような気がしたから。

――う……目のやり場に困る……

今から彼と繋がることをイメージする。それだけで、心臓が口から飛び出そうだった。

ちょっと笑みを浮かべた稔さんが、再び私を組み敷く。避妊具は装着済みみたいで、今、それは私の股間に押し当てられている。

「どこ見てんの？」

見なくてもわかるくらい、それは硬くて大きい。

「……だって、どこ見ていいかわかんなくって……」

「そんなの簡単でしょ。俺を見てればいいんだよ」

……俺……？

「稔さんを……」

今気が付いたけれど、さっきから稔さんの口調が普段と変わっている。これまで丁寧だった彼の口調が砕けた感じになっているのは、新鮮だった。

それが自分に気を許してくれている証拠のように思えて、勝手に幸福度が増してくる。

「そう。ずっとね。星良、力を抜いて」

言われて、意識して力を抜いてみる。押し当てられていた彼の屹立《きつりつ》が、少しずつ自分の中に埋《うず》められていく。

——は……入ってくる……

屹立《きつりつ》が奥へ進む度に、稔さんの表情が恍惚《こうこつ》となる。

「はっ……キツいけど……気持ちいい……」

見たことのない表情にこちらがドキドキしてしまった。

稔さんが私と体を密着させ、ぎゅっと抱き締めてくれる。

「全部入ったよ」

大好きな稔さんと繋がることができた。その喜びが沸々と込み上げてきて、目尻に涙が溜まってくる。

「じゃ、動くね。で、星良。ここでさっき俺が言ったことなんだけど……」

「え？」

「止められなかったらごめんっていうやつ。改めて謝っておくよ、ごめんね」

「え……あっ⁉」

それまで、じっとしていた稔さんが、ゆっくりと前後に腰をグラインドさせた。グッと勢いよく奥を突いたり、腰を引いて浅いところをグリッと擦りつけたりする。その動きは、私が感じる場所を探しているように思えた。

「んっ、あ、あっ……」

「ここ？　気持ちいい？」

言いながら、浅いところを屹立《きつりつ》の先端で何度も擦られる。ついでに指で敏感な蕾《つぼみ》を弄《いじ》られて、ひゅっと喉が鳴った。

「やっ、ああっ！　そこだめっ……!!　き、気持ちよくなっちゃうからっ……！」

この訴えに、稔さんが頬を緩ませる。

「気持ちよくさせるためにやってるから。そっか、星良はここが好きなのか」

腰の動きを速め、蕾《つぼみ》への愛撫《あいぶ》が更にねちっこくなる。

「あっ、やっ、やめっ……やめっ、て言ってる、のにいっ……!!」

気持ちがよすぎて、だんだん思考がぼやけてくる。さっき達したばかりなのに、またイキそうになるって、どういうこと。

私の体、バグっちゃってない？

どこか余裕のある感じだった稔さんも、だんだん口数が減ってきた。愛撫《あいぶ》の手を止め、今は私の体を抱き締めながら、がつがつ奥を突いてくる。

「は……あっ、もっ……もう……だめぇ、おかしくなる、からっ……!!」

「おかしくなれよ。何度でも、俺で、イって……!!」

体に巻き付いた腕に力が籠《こ》もる。

「……っ、せい、らっ……!!」

彼の表情が苦しげなものになった。突き上げる速度が上がり、彼が絶頂を迎えるのはそう遠くないとわかる。

私は彼の背中に手を回し、その時を待つ。

「あ……っ、は、あああっ……、んっ……」

突き上げる動きに合わせて、私の体が激しく揺さぶられる。

稔さんが私の脇の下から手を差し込み、がっちりと抱き締めてきた。

「……星良、イくっ……!!」

そう言ったのと、彼が奥を突き上げて体を震わせたのはほぼ一緒だった。ガクガクと痙攣《けいれん》するように体を揺らした彼が、私の中で被膜越しに精を吐き出したのがわかった。

同時に私もまた達してしまい、そのまま脱力した。

——に……二回目……

「……っ、星良……っ」

肩で息をしながら、稔さんが私にキスをせがむ、それに応《こた》えて、私から唇を合わせにいくと、食べるような深さでキスを返された。

「星良、愛してる」

キスの合間に小さく呟いたその一言が、私の胸に刺さった。

「……私も、愛してます」

言葉を返すと、稔さんが嬉しそうに微笑んで私を強く抱き締めた。

私も彼の背中に手を添え、彼に負けないくらい力一杯抱き締め返した……時だった。

「じゃあ、星良。もう一回しようか」

「えっ……？　今、イッた、よね……？」

「一回ね……でも、時間はまだまだあるし。ね？」

にこりと微笑む稔さんは美しかった。

そして、体力もあった。

結局私は、時間が許す限り、たっぷりと稔さんに愛されまくったのである。

その結果、どうなったかというと――

翌朝、見事に布団から起き上がれない事態に陥《おちい》ったのだった。


「……っ!!」

稔さんより早く目が覚めた私は、起きて朝食の準備をしようと思った。けれど、ものすごい腰の怠《だる》さと下腹部の違和感のせいで、布団から出られないでいる。

かといって、このままだらだらしていたら、せっかくの休みが終わってしまう。貴重な休みを有意義に使うためには、ここは奮起しなければ。

――そ、そーっと……

スースーと寝息を立てている稔さんを起こさないように、そーっと布団から出ようとした。

「えっ、わっ……‼」

いきなりお腹に腕が巻き付いてきて、布団の中に引き戻されてしまう。見ると寝ていたはずの稔さんの目がぱっちりと開いていて、優しい眼差しで私を見下ろしていた。

「おはよう。早いね、もう起きるの？」

「はい……稔さんもお腹空《す》いたでしょう？　ご飯を……」

「んー。お腹は空《す》いたような気もするけど、それより星良が欲しいな」

「え？」

稔さんの唇が首筋に触れてくる。そのまま強く吸い上げられて、チクッとした痛みが走った。

「ちょっ！　み、稔さん、今、痕《あと》つけたでしょ！　見えるとこは……」

「大丈夫大丈夫。ちょっとだけだから」

てことはつけたんじゃないか！

「も……もうっ、朝から何やって……」

「朝だから、だよ。一日の活力を星良からもらわないとね」

顔を上げた稔さんが、微笑みながら私の唇に自分のそれを重ねた。

――この人にとって、私って栄養剤か何かなのかな……？

チュッチュッと触れるだけのバードキスから、唇を強く押しつけられて舌を差し込まれる激しいキスに変化していく。

唇を重ねるうちに、私の中にも火が点《とも》り始め、止めるどころかもっとしてほしいと願ってしまう。

そんなことをぼんやり考えながらキスを受け止めていると、パジャマの中に手が入ってきた。

「え、あ、あの……」

「朝からなんて、だめかな？」

至近距離で見つめられて、少し悲しげに問われると返答に困る。

「だ、だめではないですけど……」

「じゃ、いいってことで」

あっさり承諾したことになって、パジャマの中の稔さんの手が乳房を包み込んだ。長い指が乳首に触れた瞬間、ビクッと体が跳ねて自分でも驚くほどの甘い声が漏れた。

「あんっ……！」

「星良、可愛い。そんな声出されたら止まらなくなる」

――止まらなくなるって、どこまで……

という疑問は、彼に深い口づけをされたことでどうでもよくなった。

キスと、胸への愛撫《あいぶ》だけでとろとろに蕩《とろ》かされた結果、休日の午前中はほぼ布団の中で過ごすことになってしまったのだった。

恋人がいる生活は人生に華やかさをもたらしてくれる。それを身をもって知った週末だった。

五

甘い週末を経て月曜日がやってきた。

「あの……稔さん、そろそろ出勤時間では……」

「うん。そうだね」

「そうだねって……さっきからこのやりとりの繰り返しなんですけど……」

六畳の部屋の真ん中で、稔さんが膝の上に私を座らせ、後ろから抱き締めている。この体勢のまままもうじき三十分が過ぎようとしていた。

そもそも、「仕事に行く前に少しだけいい？」とお願いされたわけだけど、私もそろそろ出勤準備をしないといけないので、いい加減、解放してもらわないと何もできない。

「あの。そろそろ本当に離してもらわないと。食器も洗いたいですし」

強めの口調と視線でお願いしたら、やっと稔さんが私を解放してくれた。渋々だけど。

「……星良と半日も離れているなんて、寂しすぎるんだけど」

はあああああ……と口から魂《たましい》が出そうなくらい、大きなため息をつく。そして、本気なのか冗談なのかわからないことを言う。

「半日もって。半日だけじゃないですか。それに、私が勤めてるのはあなたが社長をしている会社ですからね？」

「そうだけど。でも、星良が俺の目の届かないところにいるっていうのが、とにかく心配で。なんせほら、星良は人がいいから」

稔さんが鏡も見ず器用にネクタイを締める。その手際の良さについ目を奪われてしまう。鏡を見ていないのに、位置もバッチリだ。

「そんなの今に始まったことじゃないですし……大丈夫ですよ」

「星良の仕事って総務だよね？　周りは女性が多いの？」

「総務にいる女性は私と石田さんの二人だけで、あと男性が数名います。上司も年配の男性ですよ。同じフロアには別の部署の男性もいますけど……」

男性が数名、上司は男性。この言葉に稔さんが敏感に反応する。

「へえ。数名の男性ねえ……それに上司は男なのか……」

気のせいか稔さんの目が怖い。まさかとは思うけど、男性社員が皆、私に好意があるとでも勘違いしているのではないだろうか。そんなことはあり得ないというのに。

「あの。なんかよからぬことを考えてません……？」

「ないない」

淡々としているところが逆に怪しい。

手ぐしで髪を整えた彼がジャケットを羽織り、バッグを手にする。ビジュアルだけは完璧な社長のできあがりだ。

「でも、一度この目で星良の勤務先をチェックしておきたいんだけど。ほら、データを見るだけじゃわからないことってあるでしょう。実際に確認してみないと」

「もう、何をチェックするっていうんです……それに、確認ならこの前来た時したじゃないですか」

職場環境や業務に関することならまだ理解できるけれど、この人が言っているのは絶対そういうことじゃない気がする。

「この前は挨拶《あいさつ》をしに行っただけで、滞在時間だって短かったからね。星良に想いを寄せていたり、自分のものにしようとしている男性がいないかどうか、ちゃんとこの目で確かめておかないと」

——やっぱり。

「だから大丈夫ですってば……んっ!?」

彼の後ろについて玄関までお見送りに来た私は、いきなり振り返った稔さんにキスをされた。これから出勤だというのに、ねっとりしたディープなやつをされて、腰が抜けそうになる。

「……っ、み、のるさっ……！」

胸をドンドン叩いてやめろとアピールしてもなかなかやめてくれない。結局そのまま、一分はしていたんじゃないかと思う。キスの一分って意外と長い。

「じゃ、いってきます。星良、気を付けて行くんだよ」

「はい……いってらっしゃい……」

口元を指で拭いながら、手を振って稔さんを見送った。

出勤前にこんなにドキドキさせるなんて、とんでもない人だ。私の彼氏は。

苦しい胸を押さえながらどうにか気持ちを落ち着けて、急いで出勤の準備をするのだった。


「おはようございます」

いつものようにフロアの皆さんに挨拶《あいさつ》をしつつ席に着く。パソコンを立ち上げていると、石田さんが脇にバッグを抱えて部署内に駆け込んできた。

「おはよう～森作さんっ、今そこで聞いたんだけど、今日、社長が来るみたいよ」

「……へ？　しゃ、社長が来るんですか!?」

朝、社長本人とああいうやりとりがあったせいで、顔が引きつりそうになる。

「さっき突然、来社するって連絡があったみたいで、部長がすごく慌ててたわ。この前、新会社設立の挨拶《あいさつ》に来たばかりなのに、なんでなんだろうね」

不思議だわ、と首を傾げる石田さん。そんな彼女を前にして心が痛む。

――あああ、絶対これ、私のせいだよね……私が余計なことを話したから。

どうやら顔色が悪くなっていたらしい。そんな私を石田さんが心配してくれる。

「森作さん？　どうしたの？　顔色悪いけど……もしかして、社長が苦手……？」

「い、いいえ。そうではないんですが……ほら、なんか、偉い人が来る、ってなると社内がピリピリするじゃないですか。その空気がちょっと苦手っていうか……」

「あー、はいはい。それはわかる。部長もピリピリしてたわー。別に悪いことしてるわけじゃないんだから、普通にしてればいいのにって思うけど……でも、一応デスク周りくらいは片付けておこうかな」

「そ、そうですね。私も片付けます」

まさか本当に稔さんが来るとは思わなかった。

普段、自分のことに関してはあんなに面倒くさがりで動かないくせに、どうしてこういうことに関しては行動が早いのか。全くもって理解不能である。

ちなみに部長は五十代半ばの男性で既婚者、同僚は石田さんの他に男性が数名。年齢は私と近い人もいれば、定年間近の人もいるし、バラバラだ。

本当に心配することなんて何もないのに、と思いながら始業前にデスク周りを片付けた。

稔さんが来るのは午前十時過ぎになるらしい。それまでは皆いつもどおりに仕事をしていたけれど、来社時間が近づくにつれて部長の動きが落ち着かなくなった。それどころか、他部署の部長がやってきて何やら話し合ったり、フロアを出たり入ったりしている。

同じく、社長が来ると知った他の部署の女子社員達は、化粧直しにお手洗いに行く度に、いつもよりリップの色が濃かったり、唇がグロスで艶々《つやつや》だったりした。気合の入り方がすごすぎる。

——明らかに仕事場を混乱させている……

まあ、いきなり社長が来るってなったら、こうなるのも仕方がないのかもしれない。

前職のアパレルでも社長が来るなんて情報が入ると、店長がピリピリして職場が厳戒態勢になることもあったから。

なんて。平社員で普段社長と接する機会が皆無の私なりに考えているうちに、社長が来たという連絡が入った。支社長が出迎えたあと、社長と一緒に一つ一つ部署を回っていくのだそうだ。

「うちの部署にも来るみたいだなー。なんか、新社長って結構マメだよな」

「確かに。若いからどんなもんかと思ってたけど、すごく熱心なんだな」

部署の男性社員達が、社長である稔さんのことについて話している。いつもだったら、ふーん、と聞き流していそうなところだが、それが自分の恋人のことで、しかも褒《ほ》められているとなるとじわじわ喜びが湧き上がってくる。

一人でほっこりしていると、ざわざわした人の話し声と複数の足音が近づいてきた。気付いた社員達が慌てて席に着いて様子を窺っていると、フロアに社長が入ってくる。

——き、来た？

データ入力の手を止めて、ちらっと稔さんがいる辺りに視線を移す。すると、本人がバッチリこっちを見ていたので、思いっきり目が合ってしまった。しかも目が合った瞬間、社長が微笑んだ。

——ぎゃっ。なんで見てるの⁉　そしてなんで笑うの‼　これじゃあ勘のいい人に仲を怪しまれちゃうよっ⁉

内心でハラハラしている私をよそに、社長は「皆さん、お疲れ様です」と爽《さわ》やかに挨拶《あいさつ》した。

「どうぞ仕事の手は休めずにいてください。私にはお構いなく」

そう、皆を気遣う。その後は支社長と部長が、社長に部署の説明をしている。

どうやら社員の名前と顔を全部チェックしているようで、「森作は中途入社して間もない……」

という話し声が聞こえてきた。

――あ、私のこと話してる。

それに気付いてすぐ、なんと社長がこちらに近づいてくるではないか。

表面上は無表情を貫いているが、内心はめちゃくちゃ焦っていた。

――ちょーっ!! なんで来るの!? 自分から怪しまれるような行動するの、ホントやめて……!!

「森作さん? 中途入社したばかりだと伺いましたが、どうですか。仕事には慣れましたか」

社長の仮面を被った稔さんが、にこにこしながら話しかけてきた。隣にいる支社長と部長も笑顔だ。その笑顔には、場の空気を読んでくれと書いてある……気がした。

「あっ、はい。まだ不慣れな部分はありますが、皆さんにとてもよくしていただいてます……」

急に部署中の注目を浴びてしまい、テンプレな返答しか浮かんでこない。ドキドキしながら社長の反応を窺っていると、私の周辺にいる社員の顔を一人一人チェックしているようだった。

その顔は笑顔だが、よく見ると目が笑っていない。怖い。

「そうですか。皆さんいい人ばかりで……それは何よりです。これからも頑張ってくださいね」

「は、はい……ありがとうございます」

社長のチェックが済んだのか、彼は笑顔のまま部署を出て行った。私を含めたフロアの社員が、一様に肩の力を抜く。

「あー……緊張した。ていうか、なんで社長、森作さんだけに話しかけたんだろうな?」

近くにいる同僚の男性の指摘がもっともすぎて、顔が引きつった。

「さ、さあ……中途入社してすぐに、新会社になったからですかね……」

どう誤魔化したらいいかわからなくて、適当な理由をつけた。

「ああ、そうかも。転職して仕事に慣れてきたところで吸収合併とか、森作さんなかなか大変だったもんな」

「いえ、それほどではないんですけど……」

仕事の面とかでどうこうというよりは、社長とのあれこれの方が大変だった。おかげで新会社に移行した際の手間などたいしたことなかった。

軽く話して、それぞれ仕事に戻った。でも、このフロアで社長に直接声をかけられたのは結局私だけだった。そのせいもあって、気合じゅうぶんだった他の部署の女性達からの視線が痛い。

「なんで森作さんだけなんだろう〜。私も社長と話したかったのに」

「でも、やっぱりかっこよかったよね、社長。顔を見られただけで今日の仕事が捗《はかど》りそう……」

うっとりしている女性達の会話を盗み聞きする。やっぱり稔さん、モテまくってる。

自分の彼氏がモテているのって、嬉しいような困るような。こんなに複雑な気分にさせられるのかと知る。

でも、モテているだけでなく、稔さんの仕事ぶりについてもいくつか情報が入ってきた。

元々の会社の古い体質や方針を変え、男性の育児休暇制度や働く女性への手厚いサポートなどを充実させ、子育てしながらでも安心して働ける環境作りに早速取りかかっているのだという。それだけでなく能力のある女性を積極的に管理職に登用したりと、女性からの評判はうなぎ登りのようだ。

もちろん女性からの評判だけではない。男性からも、偉ぶる素振りもなく自ら工場などの現場に足を運んだりする姿勢が、とても高く評価されているのだという。

それは素晴らしいことだし、自分の恋人が高く評価されているのは素直に嬉しい。

しかし、ここまで評価の高い社長が、急遽スケジュールを変更してまで恋人である私の職場環境をチェックしにやってきた、というのが私を若干微妙な気持ちにさせた。

——……お茶淹《い》れてこよ。

稔さんが来るとわかってから、緊張してお茶ばかり飲んでいたため、マグカップの中は空《から》になっていた。席を立ち、廊下に出た。自販機もあるのだが、どうせなら淹《い》れたてのお茶が飲みたくて給湯室に向かう。

マグカップを持って歩いていると、突然背後からポンと肩を叩かれた。なんの気なしに後ろを振り返ると、さっき見送ったばかりの稔さんがいて、本気で飛び上がりそうになってしまう。

「なっ⁉　なっ——っ⁉」

再登場した稔さんに驚いていると、彼はクスッと笑いながら口元に人差し指を当てた。

「はい、大きい声出さない。せっかく二人きりになれたのに、見つかっちゃうでしょ」

大きな声を出しそうになったけれど、グッと堪《こら》えた。

「な、なんでここにいるんですか？　支社長達は……」

「お手洗いに行くって出てきた。そうでもしないと一人にさせてくれないから」

そう言って稔さんは、やれやれという顔をする。どうやら常に誰かが側にいるということは疲れるものらしい。

「はあ……それで、直接確認してみてどうでした？」

「うんまあ、今のところ大丈夫そうかな？　さしあたって怪しい奴もいなそうだし」

「だから大丈夫だって言ったじゃないですか……」

稔さんを軽く睨《にら》む。

「うーん？　でも、もしかしたら星良の知らないところで可愛いって噂になってて、男性社員がメロメロになっている可能性だってあったかもしれないでしょ」

キリッとした顔で言ってるけど、内容は冗談みたいだ。

——これって、突っ込むところなのかな？

「真面目に言ってます？」

「大真面目です」

念のために聞いてみたら、真顔で肯定されてしまい、どう反応したらいいかわからなくなる。

「あの……本当にそういうのは心配いらないので……大丈夫ですよ」

「それでも心配なんです。普段は他の社員と同じように接していても、星良と二人きりになった途端に襲いかかるような輩《やから》がいたら大変だし」

私のことを思って心配してくれるのはありがたいが、この前と人が変わりすぎる。

さすがに考えすぎだと、ギョッとした。

「お、襲っ⁉　いませんよ、そんな人は！　皆さん穏やかでいい方ばかりなんですよ。そういう心配は必要ありませんって」

「はいそれ！」

いきなり稔さんがビシッと私の目の前に手のひらを差し出してきた。

急に現れた手にビクッとしてしまう。

「星良は自分の魅力を過小評価している。君はね、私みたいなタイプの人間にとって、ものすごく魅力的なんですよ。わかる人にはわかるんです。だから、男に対して絶対に気を抜いちゃダメだから！」

「み、魅力⁉　そんな、大げさな……」

「優しげに近づいてくる男が、皆善人とは限らないんです。表面は穏やか、つまり裏の顔がある可能性は否定できない。男は基本、狼なんです」

なんて想像力豊かなんだ、この人。っていうかそれ、稔さんにも当てはまるのでは……？

「わかりました、気を付けます……稔さん以外の男性に気を許したりしません」

そう約束する私に、稔さんが流し目を送ってくる。

こんな、なんでもない流し目に、ドキッとしてしまう。

「さっき、星良の上司に当たる総務部長が言ってましたよ。星良は人当たりがよくて、いつも笑顔で雰囲気が優しいから、入ってまだ間もないのにすぐ皆に溶け込んだって」

「えっ。部長、そんなこと言ってくれてたんですか。嬉しい……」

思いがけないお褒《ほ》めの言葉に、嬉しくなった。でも、それを教えてくれた稔さんの表情はなぜか冴えない。

「星良が褒《ほ》められるのは、私も嬉しいよ。でも、できることなら星良の良さは私だけが知っていたいと思ってしまうんです……なんで皆にも優しくしちゃうんですか？」

「えっと。それ本気で言ってます？　だいぶ無茶苦茶ですよ」

「無茶苦茶でもなんでも、それが本音です。私は星良の全てを独占したいといつも思っています。できることなら私の秘書にして、四六時中一緒にいたいと願って……」

「職権乱用です！　それに私、今の部署に慣れたばかりだし居心地もいいので、異動は望みません」

きっぱり断ったら、稔さんが寂しそうな顔をする。

「そうですか……残念です」

「え、あ……あれ……？」

稔さんがあまりにも悲しそうに肩を落とすものだから、だんだん心が痛み出す。

――おかしいな、私はごく当たり前のことを言っているだけなのに、なんでこんなに申し訳ない気持ちになるの??

「あの……み、稔さんには、家で優しくしてるじゃないですか。他の男性にしないことも、たくさんしてますし……」

「……それは夜の営み的な」

「違いますっ!!　一緒に住んだりご飯作ったりしてるでしょっ」

稔さんがとんでもないことを言うので、反射的に大きな声が出てしまった。慌てて口を手で押さえるけれど、少し離れたところを歩いている人がこちらを振り返ったのが見える。

——まずい。社長と親しげに話してるなんて知られたら、何を言われるか……

「も、もう仕事場は確認したんですし、社長は戻ってください」

「え、もう？　もっと星良と一緒にいたいのに」

「お手洗いに行くって出てきたのに、いつまでも戻ってこなかったら大騒ぎになっちゃいますよ」

「あー、そうか。確かに。捜しに来られると面倒だもんね。でも、星良と離れたくないんだよ。これが本音」

甘えられると嬉しいけれど、場所が場所だけに困ってしまう。仕事中だし早く戻らないといけないのは私も同じだ。

「仕方ない。残念だけど、戻るよ」

クスクス笑いながら、稔さんが私の肩に手をのせた。

「……お仕事頑張ってくださいね」

「ありがとう。星良もね？」

「はい」

去り際はしっかり社長に戻っていた。こういう姿は、本当に格好いい。

——中身はちょっと、いやだいぶ変わってるんだけど。でも、そんな姿を知っているのが自分だけっていうのも、なかなか……

　気を取り直して給湯室に行こうとすると、また肩をポン、と叩かれた。もう、まだ何か言い残したことがあるのか。

「今度はなんなんです、か……」

　勢いをつけて振り返ったら、そこに立っていたのは稔さんではなく石田さんだった。

　――ぎゃ――っ!!

「わっ!!　い、石田さんっ!?」

　思いっきり驚いて動揺している私とは反対に、石田さんの表情は硬い。というか、何かに驚いているらしく目がまん丸だった。

「森作さん……今の新社長よね？　なんか、親しげに話してたように見えたけど……もしかして、社長と森作さんって、知り合いなの……？」

「あああ、あの……」

　――見られた。社長が一人でうちの部署になんか来るから……!!

　心の中で稔さんに悪態をつきまくった。でも、今はそれよりも石田さんだ。どうやってこの場を切り抜けるか。それを考えなくては。

「じ、実は……ここに就職する前からの顔見知りで……」

　思い切って切り出した言葉を、石田さんが気まずそうに遮《さえぎ》る。

「……あのね、森作さんが部署を出てすぐ、トイレに行こうと思って部署を出たの。そしたらあなたと社長が話してるのが聞こえちゃって。……森作さん、ご飯作ってるとかって言ってなかった？」

あれを聞かれてしまったのか……

「そ、その……たまにご飯を作ったりする程度には、仲良くさせていただいていて……」

「……いやいや、苦しいから、それ。いいのよ、本当のこと言ってくれて。あれはどう見ても付き合ってるでしょ。社長、すごく優しい顔してたし」

——やっぱりバレてる……!!

もう逃げようがない。観念した私は、がっくりと肩を落としたまま首を縦に振った。

「……す……すみません……実は、そうなんです……」

正直、膝から崩れ落ちたいくらいの衝撃だった。今までバレないようにいろいろ気を付けていたのに、これが原因でこの会社に居場所がなくなったらどうしよう。

そんな最悪な状況ばかりが頭を駆け巡《めぐ》る。だが、石田さんの反応はこちらの予想と違っていた。

「すごいじゃない!!　森作さん尊敬しちゃう〜！」

目の前でティーンのようにキャッキャする石田さんを見て、呆気にとられる。

「え？　石田さん……あの」

「大丈夫、誰にも言わないから安心して。それにしたって、すごいわ、森作さん！　あんなかっこよくて、しかも社長よ？　そんな人とお付き合いしてるなんて！」

「いえ、本当にたまたまなんです。出会った時は社長だなんて知らなかったし……まさかこんなことになるなんて、全然思わなくて……」

「そっかー。社長だって知らなかった、ってところがよかったのかもね。ほら、最初から社長だって知って近づいてくるのとは違うしさ……社長が森作さんに惹かれたのもなんかわかる気がする。よかったね」

「えっ……ありがとうございます……」

「えーっと……私は人に話す気は全くないんだけど、私の他にも森作さんと社長が話しているのを見てた男性社員がいたのよ。気付かなかった？　廊下にいたけど」

「あ。……私も見たかもしれません」

私がちょっと大きな声を出した時、こっちを見ていた人がいた。

「その人ね、営業部の人なんだけど……社内で歩くスピーカーって言われてるの。あの人に知られたなら、多分、社内に知られるのは時間の問題だと思うの……」

「えっ!!」

「でも社長と恋愛しちゃいけないなんて規則はないから。大丈夫よきっと」

石田さんにそうフォローされるけど、私の顔からはどんどん血の気が引いてくる。

「いやあの、それってどう考えても大丈夫じゃないような気が……」

「まあまあ。なんとかなるって。きっと社長がどうにかしてくれるわよ。あんまり心配しないで」

うふふ。と微笑む石田さんを前に、私はしばし空《くう》を見つめた。

おそらく数日中には、私と稔さんとの交際について社内に広まるだろう。その時のことを想像したら、頭が真っ白になって泣きたくなった。

案の定、この日の夕方には、すでに社内のあちこちで私と社長が親密な関係であることが広まり始めており、家に帰って稔さんを責めたのは言うまでもなかった。

「もー……稔さんのせいで、私達のことが社内にバレちゃったじゃないですか!!」

夕飯の支度をしながら半ギレ状態の私を眺め、稔さんがポカンとする。

あのあと本社に戻った彼は、たまには定時で帰ろうと思い立ち、死に物狂いで仕事を片付けてきたらしい。

「あ、そうなの?」

「そうなの？　じゃないですよっ!!　私なんて、帰りがけに部長に呼ばれて、本当かどうか確認されたんですよ……!?　もうっ、一体なんでこんなことに……」

いきさつとしては、私と稔さんが仲良さそうに話しているのを見かけた営業部の社員が、会話の内容から付き合っていると確信。それを部署に戻り同僚達へ話す。同僚が森作という社員は誰だ、と総務部まで見に来る。代わる代わるやってくる別部署の社員が気になった部長が、その人達にここへ何しに来たのか理由を聞く。二人のことが部長の耳に入る――という経緯だ。

「部長に呼ばれたって、別に怒られたわけじゃないでしょう?」

「怒られてはいませんけど……私みたいな平社員が部長に呼ばれるなんて滅多にないことですから、すんごくドキドキしたんですよ……」

まあ、交際するしないは個人の自由だから構わない。でも、騒ぎになっているのを見ると、上司として見過ごすわけにいかない、というのが部長の意見だった。

「で、部長はなんだって？　何を言われた？」

「……もし社内で社長に会っても、周りの目があることを忘れないようにって、釘を刺されました」

「はは。寛大だな」

まるで他人事《ひとごと》のように笑う稔さんに、私のこめかみが疼《うず》く。

「笑うところじゃありません!!　まだ転職して間もないのに部長に注意されるなんて……ショックです……」

はあ……と大きく息を吐き出し肩を落とす。

「いや、別に勤務態度とかそういうのに対する注意じゃないんだし。そこまで落ち込まなくても」

「……私、最近中途採用で入社したばかりじゃないですか。こうなるときっと、入社できたのは社長の口利きじゃないかって噂する人が出てくると思うんです……。ちゃんと入社試験を受けて採用されたのに……」

口に出したらもっと気が重くなってきた。どんよりしながら味噌汁の鍋を見つめていると、いつの間にか社長が隣に来ていた。

「星良ごめん。俺はただ、本当に星良のことが心配だっただけなんだ。だから星良がそこまで考えてるなんて思わなくて……本当にごめん」

いつになく神妙な稔さんを見上げる。

「本当に反省してますか？」

「うん。それと、実際に俺は、君の入社に何も関与していないから、もしそういった噂が社内に流れた場合は、ちゃんと対応する。だから安心してほしい」

きっぱり言ってくれた。その言葉だけで気持ちが少し軽くなる。

「……わかりました。その言葉を信じます」

「許してくれるの？」

「はい」

惚れた弱みと言われたらそれまでだけど。でも、こういう場合、社長である稔さんの言葉は、非常に説得力がある。

――ここまで言ってくれるんだもの、これ以上怒ったって仕方ない……噂になった時に、また相談しよう……

それでも明日以降のことを想像すると気が重くなる。だけど付き合い出したのは事実なのだから、落ち込んだってどうしようもない。

気を取り直して夕食の支度を再開しようと、菜箸《さいばし》を持った時。いきなり後ろから抱き締められた。

「え、あの。夕食の支度……」

「うん、でも今は、星良に触りたい」

「……触りたいって……」

嬉しいけどなんだか照れる。持っていた菜箸《さいばし》を再び置き、顎《あご》の辺りにある彼の腕に手を添えようとしたその時だった。

耳のすぐ横でスー……と匂いを嗅がれている気配がして、反射的に稔さんを見る。

「にっ、匂い嗅いでませんでした？　今……」

「嗅ぐよそりゃ。星良、いい香りがするし」

「や……やだ、まだお風呂に入る前だから……」

「だから、星良の香りがするんでしょ。風呂に入って体を洗ったら石けんの香りしかしない。俺が好きなのは、ありのままの星良なんだよ」

稔さんが腕に力を籠《こ》め、更に強く抱き締めてきた。

「俺は星良の匂いに興奮する」

いつもより低い声に背筋がゾクゾクした。

「ひあっ……！」

首筋を舌でなぞりながら、彼が指で胸の先を服の上から引っ掻く。布越しに触れられただけでも、ビリッとした刺激が走り、体が震えた。

「星良……可愛い。もう我慢できない」

「あ、あっ……ん、う……」

キスをしながら、手際よく彼が私の服を脱がせていく。それと平行しながら自分のシャツも脱ぎ捨て、私達はリビングの隅に畳んであった布団の山に倒れ込んだ。

「あ、んっ……」

残っていたブラジャーを性急に剥《は》ぎ取られ、乳房が露《あら》わになる。むしゃぶりつくように吸い付かれ、乳首を強めに吸い上げられた。

「んんっ！」

「……すごく硬くなってる。星良、俺が欲しかった？」

わざと見せつけるように舌を出して、乳首を丁寧に舐《な》められる。その光景を見てしまうと、子宮がきゅうっと疼《うず》いた。

それだけじゃない。ショーツの奥が彼を欲しがって蜜を滴《したた》らせ始めている。

「ほ……欲しかった、です……」

素直な気持ちを伝えてすぐ、恥ずかしさに彼から目を逸らした。

稔さんは今の言葉をどう思っただろうか。ドキドキしながら待っていると、いきなり腰を掴まれて、穿いていた部屋着のパンツを剥《は》ぎ取られた。

「み、みの……」

彼の長い指が私の中に差し込まれる。まず浅いところを、そして奥を。丁寧に愛撫《あいぶ》されると、あっという間に蜜口から蜜が溢《あふ》れ出した。

「あ、あんっ……ん、……は……っ」

指を出し入れされる度にぐちゅぐちゅと淫《みだ》らな音が聞こえてきた。あっという間に濡れてしまって恥ずかしいという思いと、早く挿《い》れてほしいという欲求で頭はすでにぐちゃぐちゃだ。

——もう……欲しいっ……稔さんが欲しい……

「あ……、ン……っ、や、稔、さあんっ……」

快感に震えながら、半泣きで彼を見る。彼は軽く息を乱しつつも、嬉しそうに私を見つめていた。

「可愛い……星良。ほら、こんなに溢《あふ》れてきた」

彼が蜜口から引き抜いた指を私に見せ、まとわりつく蜜を舐《な》めとった。

「やだ、そんなの見せなくていいからっ……！」

「そんなのって、俺は嬉しいけどな。星良がこんなに感じてくれて」

胸に舌を這《は》わせながら、再び指を中に入れられた。二か所を同時に愛撫《あいぶ》されて、だんだん頭がぼんやりしてくる。

――また私だけ先にイッちゃう。

「や……あ、あ、い、いくっ……んっ……んんんんっ!!」

彼が強く乳首を吸い上げた瞬間、一気に快感が頂点に達した。そのまま弾けて、頭の中が真っ白になった。

はーはー、と肩で息をしながらぐったりと布団に凭《もた》れていると、稔さんがジャージを腰の下まで下ろすのが目に入った。

「挿《い》れるよ」

「ん……」

大きく反《そ》り返った昂《たかぶ》りを目《ま》の当たりにして、ごくんと無意識に喉が鳴る。

しっかりと避妊具を装着した稔さんは、私の股間にそれを宛がう。昂《たかぶ》りは、いとも簡単に私の中へ入っていった。

「はあ……んっ！」

達したばかりでまだ敏感な私の中を、大きな存在が隙間無く埋めていく。入っただけで子宮がキュンキュンして、彼を思いきり締め上げてしまった。

「うっ……星良の中、今日もキツい……」

こんなことを言ってはいるが、稔さんはどこか嬉しそうだ。

「稔さん、好き」

気持ちを込めて彼の首に腕を巻き付けると、彼が抽送《ちゅうそう》を始めた。

「星良……俺も、好き」

彼の顔が近づいてきたので、目を閉じた。すぐに唇がこじ開けられて、激しく舌を絡められる。キスが終わると同時に、腰を打ち付ける速度が速まった。

「んっ、んっ、あ、あっ……!!」

息をつく暇もない激しい突き上げに、制止する隙すら与えてもらえない。

喘《あえ》ぎすぎて喉がカラカラだし、体も汗でベトベトだ。でも、この人と離れたくない。

正常位で突かれたあと、体勢を変えてバックで突かれて、また正常位に戻った。

強く抱き締められたまま、稔さんの腰の動きが激しくなり、そのまま――果てた。

「ん……っは、星良……っ!!」

稔さんが大きく体を震わせてから、私に倒れ込んできた。その背中を撫でていると、唇を求められた。

彼は、セックスになると甘々である。

「はー……星良、好きだ……」

避妊具の処理を済ませてから、稔さんが私の体を後ろから抱き締めて、まるで抱き枕のように足を絡めてくる。

こんな風にされると、愛されているという実感がものすごく湧いてきた。

背中から伝わる温もりを感じながら、私は幸せを噛みしめるのだった。


週末の朝。

休日ということもあり、いつもより遅く起きた私はのんびりと洗濯物を干していた。

稔さんは私よりも三十分くらいあとに起床して、今は朝食の味噌汁を飲んでいるところだ。

洗濯物を干しつつ、ここ数日のことを思い出す。

結局あれから二日もかからず、私と稔さんの関係がほぼ社内の人達にバレた。

出社するなり、いきなり他部署の女性が近づいてきて、『松永社長と付き合ってるってほんと!?』と、質問攻めにあった。

嘘で誤魔化すわけにもいかないので正直にそうだと伝えると、ほとんどの人がすごい！　とか、羨《うらや》ましい～!!　と言い、思っていたよりもキツい反応をする人はいなかった。

それにホッと胸を撫で下ろしていた私だが、実は裏で稔さんが支社長を通じて各部署の責任者にあまり大事《おおごと》にしないようにとフォローをしてくれていたらしい。

『知り合った時はお互いどこに勤めてるかなんて知らなかったし、業務に関係ないあくまで私的なことだしね。わざわざ騒ぎ立てるのは時間の無駄なので』

騒ぎになり始めた時はヒヤヒヤしたけど、あんな状況でも冷静に動ける稔さんは素直にすごいと思った。そんな彼に、改めて惚れ直してしまった。

「星良、今日は特に予定がないって言ってたよね」

「はい。あ、でも買い物には行こうと思っているんですけど……それくらいかな」

狭いベランダで洗濯物を干し終えて振り返ると、テーブルに頬杖を突きこちらを窺っている稔さんと目が合った。

「じゃあさ、今日一日俺にくれない？　デートしようよ」

「デート、ですか」

「うん。プランは俺に任せてくれる？」

「え。稔さんが!?　ど、どうしちゃったんですか!!」

あんなに無気力無頓着《むとんちゃく》な人が、急にやる気を出すなんて。これまでの彼は、休みは遅くまで寝ていたり、どこかに行くくらいなら部屋でのんびりしたいと言っていた。

それに、引っ越し先に関してもあれ以来全く探している様子がないし、なんだか前の彼に戻ってしまったかも、なんて思っていたのに。

驚いていたら、稔さんが額を押さえて苦笑する。

「いや、まあ……自分のことはどうでもいいけど、星良にはいろいろしてあげたくなるんだよ。せっかくの休みだし、何か美味《おい》しいものでも食べに行こう」

そう言って微笑む稔さんに、キュンと胸が締めつけられた。

――なんだか、すっごく恋人っぽい……!!

そういえばお付き合いを始めてから、ちゃんとしたデートというものをしていなかったという事実に気が付いた。

じゃあ、せっかくだし彼にお任せしてみようかな。

「はい、よろしくお願いします」

深々と頭を下げたら、「固い」と笑われた。

稔さんが立ち上がり、壁際に置いてあった大きな紙袋を私に差し出した。それは、私でも知っている高級ブランドの袋にも見える。

「はいこれ。星良に似合うと思って用意しておいたんだ。今日は、これを着てデートしてくれるかな？」

「買っておいたって……これを、稔さんが!?」

自分のことですら面倒がる彼が、女性の好きそうなブランドなんて絶対興味もなければ知らないと思っていた。

私が袋を見つめて固まっていると、彼がその袋からビニールに包まれた服を引っ張り出す。

「はいはい。思ってることは大体想像できるけど、まずはこれを着てみてよ」

「は……はい……」

有無《うむ》を言わさぬ圧みたいなものを感じたので、彼の言うとおりにした。

「こ……これは、すごくないですか？」

稔さんが用意してくれた高級ブランドのワンピースは、恐ろしく肌触りのいい生地《きじ》でできていた。くるぶし丈の白地に黒い模様の入ったロングワンピースで、襟《えり》元には上品な黒いリボンがついている。ボディラインが綺麗に出るよう緻密《ちみつ》に計算されたデザインは、さすがとしか言いようがない。

初めての高級服に恐縮している私の前で、スーツに着替えた稔さんが手を叩いている。

「星良、最高!! すっごく似合ってるよ！ あと、同じブランドでバッグと靴も買ったんだ。今日はこれを使ってくれる？」

ブランドのロゴが入った袋からバッグを取り出し、それを渡された。今流行《はや》りの小さめショルダーバッグだ。これを持つとなると、中に入れる物は相当厳選しなければいけない。

「あっ……ありがとうございます。ていうか、このワンピースすごく肌触りがいいですね。こんな服、初めてです」

肌馴染みがよくて、着心地は極上。手触りもなめらかなこの素材は、もしかしてもしかすると……

「あの、これ、まさかシルク……」

「ん？ あ、そうらしいね。店員さんがそんなことを言っていたような気がする」

「っ!!」

——こ……このブランドで総シルク⁉　一体いくらなのこのワンピース⁉

自分が身につけている服の生地《きじ》を掴み、小さく震えた。

「稔さん、これって、かなりの高級品なのでは……」

「えー？　よくわかんないな。そんなことはいいから、早く行こう」

「え、あ、はいっ」

急いでバッグの中身を入れ替えてそれを肩にかけると、すぐに稔さんが私の手を掴み玄関へ向かう。

今日はやけに行動力のある自分の恋人に戸惑いながら、彼のあとに続き部屋を出たのだった。

「昼食は予約してるから、それまで適当にぶらぶらしようか」

そう言って彼が連れてきたのは、ベイエリアにある公園だった。

目の前は海というこの公園は広く、ウォーキングコースなども整備されている。休日ということもあり、周囲にはウォーキングだったりランニングをしている人や、芝生《しばふ》にシートを敷いて座っている人もいる。

今日は天気もいいので、潮風を感じながらぼーっとするだけでも楽しそうだ。

「わ……ここ、素敵ですね」

空《あ》いているベンチに腰を下ろして、青い空を眺める。稔さんも私の隣に腰を下ろした。

「星良はいつも頑張ってるからさ。たまにはこうしてのんびりしてもらうのもいいかと思って」

驚いて、横で背中を伸ばしている自分の恋人を見つめる。

まさか、当たり前のように車中泊をしてケロッとしていた、あの稔さんに、こんな風に気遣ってもらえるとは。

出会った頃との変化が大きすぎて、言葉にならなかった。

でも、じわじわと彼の優しさに感動してくる。私を思ってしてくれたことが素直に嬉しかった。

「……稔さん、ありがとうございます……そこまで私のこと考えてくれてたなんて。ちょっと感動しました」

「だって、星良にはすごく面倒をかけているから。一応、これでも反省してるんだ。これからはなるべく星良に迷惑かけないようにしなきゃって。じゃないと捨てられるかもしれないし」

「そんなことしないですって」

クスクス笑いながら、公園とその向こうに見える海を眺めた。

別に何をするでもない、こうやってただのんびりするのも、好きな人と一緒なら楽しいものなのだと初めて知った。

少し散歩でもするかと、園内をぐるっと一周回ってみたり、海を眺めたりしているうちにだんだんお腹が空《す》いてきた。

「いい感じにお腹も空《す》いてきたことだし、ランチにしようか」

「そうですね」

彼の車に乗り込み、行き先を知らされないまま向かったのは、ターミナル駅の近くにある綺麗なホテルだった。名前は聞いたことがあるが、ホテルに泊まることがめったにない自分は、ここがどれだけ立派なホテルなのかよくわからない。

ただ、建物が大きくて高級そうだ、ということだけはわかる。

「み……稔さん。もしかして、食事ってここ、ですか……？」

「うん。このホテルは何度か利用してるんだ」

なんでもないことのように言いながら、彼は車をエントランスに横付けした。すぐに係の人がやってきて、私の座る助手席のドアを開けてくれる。

戸惑いながら車を降りて稔さんを見ると、ちょうど車を降りて係の人に車の鍵を預けているところだった。

「車、移動させてくれるんですね……」

「うん、頼むとやってくれるんだよ。ま、俺はもう顔を覚えられているから、わざわざ頼むまでもないけど。さ、行こうか」

何気に今、さらっとすごいこと言った……!!　覚えられてるって……

戸惑う私を尻目に、彼は慣れた様子でスタスタと中に入っていく。

ふかふかのカーペットの上を歩きながら、普段縁のない、すごいホテルに緊張せずにはいられない。案の定、二階にあるというレストランも、とんでもないところだった。

「松永様、いらっしゃいませ」

「こんにちは。今日は連れがいるんですよ」

店の前に立っていた男性と笑顔で会話を交わす稔さんを見て、ああ、やっぱりこの人は私とは住む世界が違うんだ、と唐突に思い知らされた。

——どれくらい通うと、こんな風に話ができるようになるの……？

考えながら窓側の予約席に通された。ちなみにシェフの名が店名となっているここは、フレンチレストランだそうだ。すでにコースをお願いしてあるらしく、私の手元にはドリンクメニューが渡された。昼間からお酒を飲んでもいいものか悩んだが、稔さんが勧めてくれたのでシャンパンを飲むことにした。

「あの、稔さんはこの店によく来るんですか？」

スタッフの男性がいなくなったところで、こそっと尋ねる。

「あー、一時期このホテルで寝泊まりというか……生活の拠点にしてたことがあるんだよ」

「こ……ここを!?　駅近のビジネスホテルとか、カプセルホテルじゃなかったんですか!?」

なんでもないことのように言うけれど、ここは高級ホテルだ。さすがに開いた口が塞がらなかった。

「ほんの一時期だけだけどね。泊まれればどこでもよかったんで……」

「あの……ビジネスホテルとここみたいな高級ホテルを同列で考えてませんか……」

「まあその時に、何度かこの店も利用させてもらったんだ。でね、このレストランで出してる肉、すごく旨いんだよ。あまりに旨くて、泊まらなくなってからも仕事の会食とかでよく利用してるんだ」

——そりゃ、こんな高そうな店で出すお肉なら間違いなく美味《おい》しいでしょうよ……

昼からシャンパンという、普段ではあり得ない経験をさせてもらいながらいただくランチは、最高としか言いようがなかった。

スプーンに載せられた一口サイズのアミューズは蕪《かぶ》のマリネ、オードブルは色鮮やかな野菜やパテ、コンソメスープをいただき、ポワソンで真鯛のソテー、メインは柔らかな牛ロースのコンフィだった。

「おい、っしいっ……!!」

どれもこれも言葉にならない美味《おい》しさで、料理を食べてこんなに感動したのは初めてだった。

最後に運ばれてきたデザートは、鮮やかなカシスソルベやフルーツ、一口大のガトーショコラなどがお皿の上に綺麗に盛りつけられていた。

最後の最後まで、私を楽しませてくれたお料理に盛大に拍手を贈りたい。

もちろん、今日のデートプランを組み立ててくれた稔さんにも。

「すっっっごく、美味《おい》しかったです……!!　本当にありがとうございました」

「喜んでもらえてよかったよ。実は、このプランで喜んでもらえるかどうか心配で、内心は結構ドキドキしていたんだ」

食後のコーヒーを飲みながら、稔さんがホッとした顔で笑っている。

「喜ぶに決まってるじゃないですか！　これで喜ばない人なんかいないと思いますよ」

「そもそも、女性にこういうことをしたのが初めてなんだよね、俺」

「そうなんですか？　い……意外です……」

モテそうだし、女性とのデートには慣れているのだと思っていた。

「星良も知ってのとおり、普段の俺はああいう感じなので。こんなことは、本気で好きな女性にしかしないのです」

ちょっと恥ずかしそうにしている稔さんが、可愛くて愛しかった。

――そっか、私にしかしたことがないのか……そうか……

自分だけ、という特別な感じがすごく嬉しい。お腹も満たされ、気持ちも満たされた私達は、店のスタッフにお礼を言って、レストランをあとにしたのだった。


帰宅して部屋着に着替えて、二人分のお茶を淹《い》れてちゃぶ台に置くと、稔さんがごそごそと紙袋から何かを取り出して、私に差し出してきた。

「……え。これって……」

「うん、物件。自分でいくつか見繕《みつくろ》ってきた。あ、別の不動産屋だけどね」

「えっ‼」

――みっ……稔さんが、自分で‼

もちろんいい大人だし、社長という仕事をそつなくこなす人なので、できるのは当たり前なのだが。いかんせん、今までが今までだったので、側で見てきた私としては、どうしても以前との違いに衝撃を受けてしまうのだ。

「み、見せてもらってもいいですか？」

「もちろん、どうぞ」

彼から物件の詳細が書かれたパンフレットを受け取り、じっくり目を通していく。

どの物件も彼が言うところの条件を満たしている。この前内見したマンションもよかったけれど、それ以上に素敵な部屋ばかりだ。

私が知らない間に、よくここまで探したものだと感心してしまった。

「すごい……どの物件もすごくいいですね」

「そうでしょう？　即入居可能な物件もあるから、ここを出る日もそう遠くなさそうだよ。寂しいけどね」

稔さんが淹《い》れたばかりのお茶を啜《すす》りながら、部屋の中を見回している。

――ここを出る……

その言葉を聞き、なぜか胸が痛くなった。

あんなに彼に部屋を探せと、遠回しに早く出て行ってほしいと伝えていたのは自分なのに……。

いざ、出て行く算段がつきそうになると、どうしてこんな気持ちになるのか。

――もしかして私、心のどこかで稔さんに出て行ってほしくないって思ってるんじゃ……

そんなはずはない。部屋を探してほしかったし、早く出て行ってほしかった。そのために、不動産屋を回って物件を探したり、内見までしたりしたのだ。

あんなに頑張ったのに、出て行かれるのが嫌だなんて、そんなことあり得ない。

だけど、彼がパンフレットを眺める姿を見ていると、やっぱり胸が痛む。それは多分、今の同居生活を心地いいと思っているからではないだろうか。

――え……そ……そうなの？　私……

その事実に気が付いて、複雑な気持ちになった。

急に口数の減った私の様子に、稔さんが気付く。

「どうしたの、星良。あんまり嬉しくない？　それとも物件に何か問題でも……」

「あっ、いえ！　全然!!　どれもいいと思いました。スムーズに決まるといい、ですね……」

慌てて誤魔化して、笑顔を作る。稔さんは訝《いぶか》しげに私を見ていたが、なぜかすぐに、にやりと口角を上げた。

「もしかして星良。俺が出て行くのが寂しい？」

「……へっ」

「笑ってるつもりだろうけど、口元が引きつってるよ」

「……!!」

慌てて口を手で押さえた。でも、もう考えていることは彼にバレている。

これはもう、本音を打ち明けるしかなさそうだ。

「す……すみません。私、稔さんとこの部屋で一緒に過ごすことに慣れちゃったみたいで、出て行くと言われてちょっと寂しくなってしまいました……」

肩を落としつつ、素直に気持ちを伝えた。

せっかくやる気になってくれたのに、水を差すようで申し訳なく思ってしまう。けれど、稔さんの反応は意外なものだった。

「そうか、よかった」

「え？　よ、よかった……ですか？」

なんで？　という気持ちで稔さんを見つめると、彼が物件のパンフレットを開いて、私に見せてきた。

「星良、これを見てくれるかな」

「は、はい」

思わず姿勢を正す。

「まずこの物件は、この間内見したところよりキッチンが広いんだ。アイランドキッチンで、数人同時にキッチンに立ったとしても狭さを感じない造りになっている。実際に見てきたけど、広かったよ」

「本当ですか！　わあ、素敵……」

写真もあるので、キッチンの広さがよくわかる。

「次にこっち。こちらもキッチンは広いよ。だけどこの部屋の一番の売りは、屋上のバルコニーだ」

「屋上!?　バルコニーもあるんですか？」

「メゾネットの物件で、屋上があるんだよ。広さもあるから、バーベキューもできるし椅子やテーブルを置いてゆっくりすることもできる」

パンフレットにイメージ画像が載っているので、私でも想像がしやすい。

「へえ……すごいですね。なんだか、リゾートホテルみたいです」

「どの物件も収納スペースが広くとられているし、駐車場完備で周辺環境も良好。魅力的だと思わない？」

「思います、おも……」

頷きながら同意していると、あることに気が付いた。

――あれ？　そういえば……キッチンもバルコニーも、この前私が内見の時にいいって言ったところばかりのような……

まさかと思いつつ、彼に尋ねてみる。

「あ、あの。稔さん、もしかして……この物件って……」

「気が付いた？」

稔さんの目が、優しく垂れ下がる。

「星良が内見の時にいいって言っていたポイントに焦点を当てて、探した物件なんだ」

「どうして……？」

だってこれは、稔さんが住む部屋であって、私は関係ないはずだ。

それなのになぜ、私が喜びそうな物件を探してきたのか。

――これは、どういう……？　単純にこういう物件なら私が強く勧めると思ったから？　それとも、稔さんも今後料理を頑張りたいと思っているとか……？

いやいや、あれほど自分に無頓着《むとんちゃく》なこの人が、いきなりそんなに変わるとは思えない。

ぐるぐる考え込んでいた私に、稔さんが種明かしをする。

「俺は、一人で住むより星良と住みたい。だから、これからも一緒に暮らしてもらえないかな」

「へっ」

「星良が住みたい部屋でいい。君の希望は全て叶えるから。それとも、俺みたいな面倒くさくて手のかかる男は嫌だろうか」

いつになく真剣な稔さんに、胸がときめく。

——これって、なんだかプロポーズみたいだ。

「嫌なわけ、ないです……」

「星良」

「私ももう、稔さんのいない生活なんて考えられません。こちらこそ……よ、よろしくお願いします！」

ちゃぶ台の前で正座をして、深々と頭を下げる。すると、いつの間にかすぐ隣に来ていた稔さんに抱き締められた。

「よかった。嫌だって言われたらどうしようかと思った」

「そんなこと言わないですよ……」

あるわけがない。彼がここを出て行くと思ったら寂しくて、自分でもどうしたらいいかわからなくなっていたから。

気が付いたら、稔さんが誰よりも大事な存在になっていた。

「ずっと一緒にいよう、星良」

はい、と返事をする前に唇を塞がれてしまう。彼の腕が私の頬と腰に添えられて、キスが深くなった。

「ん……っ」

彼の体重が私にのしかかり、そのまま床に押し倒されてしまう。

忙《せわ》しなく唇を貪《むさぼ》られている間に、彼の手が服の上から乳房を愛撫《あいぶ》してくる。布越しでも彼の愛撫《あいぶ》は的確で、ピンポイントに乳首を擦られ、そこが硬くなっていくのがわかった。

「あっ……、ん……」

キスを止め、至近距離で彼と見つめ合う。

「星良、好きだ」

「私も、好きです……」

彼の首に腕を回し、自分から強く引き寄せた。

これから先も稔さんと一緒にいられる。そう思ったら幸せが込み上げてきて、目の前の彼と愛し合うことに夢中になった。

こうして私は、今後も稔さんと一緒に生活をすることが、ほぼ決まった。

もちろん彼と離れなくていいのは嬉しいのだけれど、面倒だからと車中泊をしていたような稔さんにしては、段取りがいいというか、仕事が早すぎるのではないか。

心なしか、外堀を埋められているような気がしないでもない。

――まあ、やる気になってくれたのはいいことだし、私も一緒にいられるのは嬉しい。ここは素直になって、新生活のことを本気で考えようかな。

そんな風に考えていた私だが、稔さんは私以上に新生活に乗り気のようだ。

休日に買い物に行こうと連れて行かれたのは、最近若い人に人気のあるインテリアショップだった。

大きなショールームのワンフロアに、びっしりと家具が並んでいる。それをぽかーんと眺めていると、目の前を歩く稔さんが振り返りながら私に言った。

「どれでも、星良の好きな家具を選んで」

「……え、私の好きな家具、ですか？」

「うん。新居で使おうと思って。俺はなんでもいいから、もし星良に何か希望があるなら、自由に選んでもらおうと思って」

「えええええ⁉　いや、あの……私、家具のことはよくわからないんですけど！」

近くにあったソファーを眺めている稔さんに、縋《すが》るように訴えた。

「そう？　なんとなくこういうのがいいって言ってくれたら、それっぽいのを用意するから。さ、見て見て」

やけにやる気満々な稔さんに不安を抱《いだ》く。だって、この人自身は寝ようと思ったら道路でも寝られる人なのに、私のためだけにこんなことをしようとしてくれるなんて。

「あ、あの……私、わざわざ新しい家具を買わなくても、今あるものでもじゅうぶんですよ？　買うとしても、もっと安価なものとか、中古でも全然……」

真剣にソファーに見入っている稔さんにそう提案してみた。でも、彼は無言で小さく首を横に振る。

「いいや。せっかく星良と新生活を始めるんだ。ここでお金を使わなくて、いつ使うのさ」

「いつって。そりゃ、稔さんが稼いだお金は、自分で使うのが一番かと」

「俺は別に、使いたいことはないし。星良のためならいくらでも使えるけど」

サラリとすごいことを言われてしまい、ギョッとする。

――ないって……!!　この人、根本的なところは何も変わっていない……!!

「星良の好きな色で揃えるのもいいな。星良、何色が好き？」

「えっ？　特にこれっていうのはないんですけど……強《し》いて言うならパステルカラー、かな……？」

それを聞いた稔さんが、口元に指を当てて考え込む。

「なるほど。……それなら、イメージカラーだけ伝えてインテリアコーディネーターに頼むっていうのもありだな……」

「稔さんっ!!　あまり過剰にお金をかけるようなことは、ちょっと……」

どんどんエスカレートしそうで慌てて止めた。なのに彼は、なぜ止めるのかわからないという顔をしているので困ってしまう。

「俺がしたいだけだから、星良は気にしなくていいんだよ。コーディネーターだってそれが仕事だしね。会社で世話になってる人がいるから、その人に頼んでみようかな」

「えええ……」

「星良」

困惑していたら、稔さんが私の肩にポン、と手をのせた。

「これは、いつも俺の世話をしてくれている星良へのお礼みたいなものだと思ってくれればいいよ」

「それにしたって多すぎますよ！　この間だって服やバッグをもらっちゃいましたし、美味《おい》しい食事だって……」

「はい、気にしない気にしない。これは俺がしたいことなんだ。だから、お金のことは一切気にしなくていいんだよ」

「もうっ、私に対する気遣いを、少しでも自分に向けたらどうですか？」

「できたら苦労してない。それに、俺のことは君がやってくれるだろう？」

笑顔で言いくるめられてしまい、はあ、とため息をつく。

確かに私もお節介焼きな性分なので、やるなと言われても勝手に体が動いてしまう。結局のところ、お互いが相手のことを気遣える関係というのは、私からすれば願ったり叶ったりの、割れ鍋に綴《と》じ蓋《ぶた》といったところなのかもしれない。

「そう、ですねえ……ま、いいか」

諦めて納得すると、途端に稔さんの表情が輝いた。

「よし。じゃあ、他のインテリアの好みも教えてくれる？」

「はい、わかりました」

とにもかくにも、稔さんが私のためにいろいろしてくれることが嬉しい。

それを実感しつつ、インテリア選びを楽しんだ私達なのだった。


稔さんとの新居探しで幸せいっぱいの私の携帯電話に、ある日、見慣れない番号からメッセージがきていた。

――ん？　何これ……

【不動産屋の江藤です】

「えっ!!　江藤さん!?」

慌ててメッセージの全文をチェックした。要約すると、あれから部屋探しは進んでいるのか、もしまだ決まっていなかったら、他にもいい物件があるのでぜひ連絡が欲しい、ということだった。

江藤さんのことなどすっかり忘れていたので、正直メッセージがきたことに驚いてしまう。

――まさか江藤さんから連絡がくるなんて。というか、とっくに稔さんが断りを入れているんだとばかり思ってた……

そのことを帰宅した稔さんに聞いてみると、あっさり「連絡してないよ？」と言われてしまった。

「してないんですか？　私はてっきり稔さんが連絡してくれているんだとばかり……」

「別に契約するとも部屋を押さえてくれとも言ってないからね。普通はもう連絡なんかこないよ。それなのにわざわざメッセージなんか寄越したってことは、よっぽど暇なんだな」

涼しい顔でネクタイを解いている稔さんは、江藤さんに対してなぜか冷たい。

「でも、親身になって探してくれたんですし、ちゃんと返事はした方がいいですよね？」

さすがにメッセージに何も返信しないのはどうかと思っていた。なのに、それすら稔さんは必要ないと言う。

「いいって。営業メールみたいなものなんだから、そのままにしておきなよ。会いに行ったりする必要もないからね」

「そういうものでしょうか……なんだか申し訳ない気もするけど……」

「そんなに気になるなら、俺が連絡しておくよ。それはそうと、星良は夕飯食べたの？　まだなら一緒に食べよう」

「あ、はい、一緒に食べます」

メッセージは気になったものの、稔さんもこう言っていることだし、結局返信のメッセージは送らなかった。

ところがこの数日後、仕事帰りに件《くだん》の不動産屋の前を通りかかった時、偶然店先にいた江藤さんとばったり会ってしまった。

さすがにこのまま無視して通り過ぎるのもどうかと思い、社交辞令のつもりで声をかけた。

「こんばんは……」

江藤さんがすぐ私に気付き、笑顔になる。

「こんばんは。今お帰りですか」

「はい……あの、先日はメッセージをありがとうございました。お返事してなくてすみません」

気になっていたこともあり、つい謝ってしまったが、江藤さんは特に表情を変えずに微笑んだままだ。

「いえいえ。こちらこそ突然メッセージを送ってしまい、申し訳ありませんでした。あれからどうなったのかが気になっていたもので」

「そうだったんですね……」

「実は昼間、松永様から連絡をいただきました。別の会社で物件を検討されているそうですね」

――稔さん、もう連絡してくれたんだ。

「そうなんです。いろいろ相談に乗っていただいたのに、すみません」

「いえいえ、大丈夫です。実際に住む人が納得して借りた方がいいに決まってますから。今回はご縁がなくて残念ですが、何かありましたら、ぜひまたお声がけください」

そう言ってもらえて、少し気持ちが楽になる。江藤さんがいい人でよかった。

「いろいろとお世話になり、ありがとうございました。では、私はこれで……」

頭を下げつつ歩き出そうとしたら、「そういえば」と江藤さんに引き留められた。

「お二人は一緒に住まれることにしたんですか？」

「えっ⁉」

いきなり何⁉　と驚いてしまったが、そういえばこの間の内見の時、稔さんとのやりとりを見られているのだと思い出した。

──どうせもう会うこともないだろうし、まあいいか。

「はい……多分、そうなると思います……」

照れながら肯定すると、江藤さんが「おお」と声を上げた。

「やっぱりそうだったんですか。いい物件が見つかるといいですね。どうぞお幸せに」

「ありがとうございます」

互いに会釈《えしゃく》をして、私はアパートに向かって歩き出した。

──直接会ってお礼もお詫びも言えたし、よかった！

気がかりだったことが片付いて、気持ちがスッキリした。

帰宅して家の中にあるもので夕飯を作り終えた時、タイミングよく稔さんが帰宅した。

「ただいま。んー、今日は洋食……？」

匂いを嗅ぐようにして私の元へやってきた稔さんが、フライパンの中を覗き込んだ。

「今夜はナポリタンです。具材は冷蔵庫の残り物なんですけど」

タマネギにハムにピーマン、それと冷凍庫に入っていた残り物のシメジなどを入れたナポリタンが、ちょうどできあがったところだ。食欲をそそるケチャップの香りに、稔さんの表情が緩んだ。

「美味《おい》しそうだね。すぐに着替えてくるよ」

稔さんは軽やかな足取りでリビングに行き、その場で着替え始める。

ちなみに、お付き合いを始めてからというもの、稔さんはリビングで着替えをするようになった。最初にそれを見た時は『ぎゃっ!!』と声を上げてしまったけれど、さすがにもう慣れた。

そういう彼の行動は、私に気を許しているという証拠だ。そう思ったら、それすら嬉しく感じてしまった。

――付き合いたてって、なんでも嬉しいなあ……

傍《はた》から見たらバカップルみたいなんだろうな、と心の中で苦笑してしまった。でも仕方ない。今が一番楽しい時だから。

「いただきます」

部屋着に着替えた稔さんと、ちゃぶ台で向き合って夕食タイム。ナポリタンとサラダとお茶というなんともちぐはぐな組み合わせだけれど、稔さんは何も言わないで食べてくれる。

「旨い。星良、さすがだね」

くるくるとフォークにパスタを巻いて口に運ぶ稔さんの食べ方は綺麗だ。こういうところはやはり育ちの良さが出ると思う。

「ありがとうございます。隠し味にちょっとだけお醤油を入れるのがコツなんですよ」

「へえ、そうなの？　全然わかんなかった」

「本当に少しだけなので。風味付け程度に入れるんです」

なんだかすっかり長年連れ添った夫婦みたいだ。

彼は、私の前であまり仕事の話はしない。同じ会社だから、という事情もあるのかもしれないが、家では会社のことを忘れてリラックスしたいのだろうと思い、私も仕事の話はしないようにしている。

料理の話から、家具の話、そこからまた物件の話になる。

実は、彼が探してきた物件でほぼほぼ決めかけていた。しかし、この前家具を見に行ったことで彼は他の物件にも興味が湧いたらしく、もう少し部屋探しを続けることになった。

その話をし始めてすぐ、今日の帰り、偶然江藤さんに会ったことを思い出した。

「あっ、そうだ。今日の帰り、偶然江藤さんに会ったんです」

何気ない本日の出来事を話そうとしただけ。なのに、笑顔でナポリタンを食べ進めていた稔さんの動きがピタッと止まった。

「……江藤？　江藤って、もしかして不動産屋の？」

「はい。この前内見に行ったあの江藤さんです。……ごめんなさい、帰り道でばったり会って話さないわけにもいかなくて」

言いつけを破る形になってしまったことを申し訳なく思う。

謝りつつ彼の反応を窺っていると、稔さんは仕方ないといった感じで微笑んでくれた。

「いや、偶然会ったんじゃどうしようもないしね。……で、江藤さんとはどんな話をしたの？」

「ええと……メッセージに返信をしなかったことと、物件を保留にしたままだったことを謝りました。そのあと、別のお店で物件の検討をしていることと、稔さんと一緒に住むことになりそうだって話をしました」

そう口にした途端、稔さんの目が少しだけ細められた。

「俺と一緒に住むのかって、あっちから聞かれたの？」

「はい……そうだって言ったら『やっぱりそうだったんですか』って。もしかしたら内見の時から、私達がカップルじゃないかって疑っていたのかもしれませんね……」

「へえ……そう」

稔さんが再びフォークでくるくるとナポリタンを巻きながら、何かを考え込むように黙った。

——え。何？　もしかして同居すること言っちゃいけなかった？

「あの……私、何かやらかしました……？」

恐る恐る尋ねてみる。でも、顔を上げた稔さんはまた笑顔に戻っていた。

「いや、なんでもないよ。気にしないで」

「そう、ですか？」

笑顔にホッとして、私もナポリタンを食べ進める。

——あれかな～、最近毎日が幸せで充実してるから、稔さんの様子が少しおかしいだけでも気になっちゃうのかな……？

なんて考えていた私は気が付かなかったのだ。

この時、真顔になった稔さんが何を考えているのか、なんて。

私が異変に気が付いたのは、江藤さんに遭遇した数日後のことだった。

会社から帰る道中、誰かにつけられているような気がしたのだ。

気になって勢いよく振り返って周囲を確認してみるものの、それらしき人はいない。

――……？

「……気のせいかな」

そう思ってまた歩き出すと、やっぱり背後に人がいるような気配がした。

実は私、こういった感覚が人よりもちょっとだけ鋭いと思っている。なぜなら、人にあとをつけられた経験が何回もあるからだ。

あまり自慢できることではないが、少なからず今はその経験が役に立っている。だから私は、足早にコーナーへさしかかったタイミングで、全力疾走した。すると、ずっと背後に感じていた人の気配がなくなった。多分、これで撒《ま》けたはずだ。

――それにしても、なんなんだろう……？　ここ最近は職場とアパートの往復しかしていないから、誰かに何かをして好意を向けられるようなことはないはずなのに……

思い当たることがないので、気にしないことにした。でも、若干の不安は残った。

その懸念を聡《さと》い稔さんが見逃すはずはなかった。

今日の夕飯は稔さんが知り合いからいただいたお蕎麦《そば》だ。生麺《なまめん》を茹《ゆ》で、備え付けの蕎麦《そば》つゆと薬味を添えてできあがり。いただきますを言って、ズルズルと啜《すす》り始めた時、いきなり「何かあった？」と聞かれた。

「えっ……何かって、何？」

食べる手を止めて彼を見る。稔さんはというと、視線で私を捉《とら》えつつ、お蕎麦《そば》をズルズルと啜《すす》っていた。

「いや。なんだか挙動不審というか、視線が定まらない感じがした」

「ええっ⁉　そ、そんなに顔に出てましたか⁉」

「やっぱり。なんかあったんだね」

――うっ、誘導尋問だった……‼

がっくりと項垂《うなだ》れたあと、観念してさっきの出来事を彼に話すことにした。

「……じ、実はですね……今日の帰り道、誰かにつけられているような気配がしたんです……」

稔さんの眉がピクッと動いた。

「つけられてた？　星良が？」

「はい……あ、でも、実際につけてる人を見たわけじゃないので、気のせいだったかもしれないんですけど……でも、私、過去にも何度かつけられたことがあるので、こういう時の勘って結構当たるんです……だから、ちょっと気になって」

「そうか……」

稔さんが一旦箸《はし》を置き、しばし黙り込む。

「わかった。大丈夫、全部俺に任せて」

「へっ……任せるって、何をですか」

「んー……、とりあえず、しばらくの間、朝と帰りは俺が送迎するよ。それなら安心でしょ？」

まさかの提案に不安だった心が嘘のように晴れていく。だけど……

「そりゃ、安心ですけど、稔さん忙しいのに……」

「いや、送迎くらいたいしたことじゃないよ。それに、俺としても心配だから、ぜひともやらせてほしい。ダメかな？」

「稔さん……」

彼の負担になるのは気が引ける。だけど、気持ちが嬉しかった。

「じゃあ、無理のない範囲でお願いします……」

「うん。じゃ、明日の朝から一緒に行こう」

「ありがとう、稔さん」

「どういたしまして」

彼の笑顔を見るとホッとする。こんな時、好きな人が一緒にいるっていいな、と思った。

――でも、私を会社に送ってから出社となると、早くアパートを出ないといけないし……やっぱり稔さんに迷惑をかけてしまう……

そのことを心苦しく思いながら、夜は更《ふ》けていったのだった……


彼の車で出勤して、午前の仕事を終えた私は、昼休憩と共に、同僚の石田さんの席の近くに移動した。今日のお昼ご飯は鮭と昆布のおにぎりを一個ずつ。それと出勤時にコンビニで購入したお湯を注《そそ》いで作るタイプのカップ味噌汁だ。簡単で美味《おい》しいので昼食時に重宝《ちょうほう》している。

石田さんには、いち早く稔さんとお付き合いしていることがバレている。そのせいもあり、最近の昼食時は稔さんの話題が出ることが多い。

もちろん、話せる範囲のことしか話さないけれど。

——特に、誰もが認める二代目社長が、ずっと車中泊をしていたとか、絶対に言えないし……言うつもりもない。

そもそも稔さんの場合は、あの自分に全く関心がないというところを人に信じてもらうのが難しい。私も最初は何言ってんだろう、この人。って思ったし。

一緒にいる時間が長くなるにつれて、少しずつ稔さんのことを理解できるようになってきたつもりでいるけど、つまりは普通では考えられないほど変わっているのだ、あの人は。

——石田さんに社長との出会いを聞かれた時は説明にすごく困ったからなあ……

とりあえず、道で具合悪そうにしていたところに声をかけたって言っておいたけど、まあ、嘘ではないから問題はないだろう。

まさか自分のところの社長が、睡眠不足で道に転がってたとか言えないし。石田さんも聞いたところで反応に困ると思う。

「ねえねえ、社長って二人でいる時はどんな感じなの？」

「二人でいる時ですか？　そうですねえ……わりと仕事っぽいことしてます。パソコン見たり……あ、でも最近は、一緒に家具を見に行ったりしますね」

普段二人でいる時の稔さんを思い出しながら何気なく口にしたのだが、聞いていた石田さんが目を丸くした。

「デート中なのにパソコン……？　常にパソコンを持ち歩いてるってこと？」

「え、あっ……!!」

――しまった。つい家にいる時の稔さんのことを思い出してしまった。

「や、あの……パソコンは待ち時間とか、手が空《あ》いた時とかに！　あとは、急ぎの用件があった時とかですね！　それ以外は普通に……しゃ、喋《しゃべ》ってます……」

ここで下手《へた》なことを言って、すでに一緒に住んでいることまでバレないようにしなければ。

内心でヒヤヒヤしていると、石田さんがそうなんだと納得してくれた。どうやら怪しまれなかったようだ。

「へえ～。社長って普段はどういうこと喋《しゃべ》るの？　あれだけやり手の若社長だから、話の内容もすごく真面目で、経営論とか語ってそうだけど」

「……け、経営論……なんか喋《しゃべ》ってたかな……？」

稔さんが普段、私と一緒にいる時に何を喋《しゃべ》っているのかを思い出してみる。

『今日も星良が作るご飯は美味《おい》しいなあ～。最高』

『星良、その服似合うね。可愛いよ』

『星良～、今夜こそ一緒にお風呂に入ろうよ～』

思い出したら耳が熱くなってきた。

――……っ、ダ、ダメだ……人に言えないことばかりだわ……

「えっと、その……普通にその日あったこととかを話してますね……」

当たり障りのない返答に、石田さんがへえ〜、と興味津々《きょうみしんしん》で頷いている。

「そうなんだ。意外っていったら失礼だけど、もっと普段から仕事の話ばっかりしてるんだと思ってたわ。若いのにすごく頑張ってるし、周囲の信頼も厚くて、相当強い信念みたいなものがあるのかと」

「あー……なんか、自分の代で会社を潰すわけにはいかないから、頑張らないと、みたいなことを言っていた気がします……」

「そっかー……やっぱり、二代目のプレッシャーよね。きっと私達にはわからないような大変なことも多いんでしょうしね」

「そうですね……それはすごくあると思います」

その結果、実家を出てホテル暮らしからの車中泊になったわけだし。その部分には大いに同意しておいた。

「でもそんな社長を、今は森作さんが支えてあげてるのよね？　責任重大だね。なんて、プレッシャーかけちゃいけないんだろうけど」

石田さんが、唐揚げを口に入れて、ふふっと微笑む。今日の彼女のお弁当のメインは鶏《とり》の唐揚げ。今日はお子さんが遠足だったらしく、お弁当のおかずはお子さんと一緒なのだそうだ。

「支える、ですか……私にできるのかちょっと不安ではあるんですけど……」

「何言ってるのよー、森作さんすごく気配り上手だから全然問題ないわ。きっと社長だって、そういうところに惚れたんじゃないのかな？　もしかして、もう結婚の話も出てたりして～」

結婚というワードに、慌ててぶんぶんと手と首を振った。

「いえいえ、付き合い始めたばかりですし！　まだそういう話は」

否定したら石田さんがそうなの～？　と訝《いぶか》しがっているが、笑って誤魔化しておいた。

だけど、結構心中は複雑だったりする。

稔さんとの生活は楽しいし、これからも一緒にいたい。ずっと一緒にいようってプロポーズみたいなことも言われたので、きっと彼も同じ気持ちでいてくれるのだと思う。

でも、彼と一緒にいるのが私みたいな女で本当にいいのだろうか。

最初は自分に超無頓着《むとんちゃく》な稔さんの面倒を見ることに必死だった。けれど、最近の彼は以前と違う。むしろ、今は立場が逆転しているような気がするのだ。

――そう、彼はやろうと思えば大抵のことはできてしまう。やらないだけで。

そんな稔さんが私を気遣ってくれるのは嬉しいし、愛されているという実感もある。でもその反面このままでいいのだろうかと不安になる。

多分、今までの私は、相手に対して一方的に尽くすタイプだったからだと思う。だから、人に何かしてもらうだけという状況が落ち着かないのだ。

――今は稔さんが一歩二歩と先回りしてくれているけど、そんな人に私ができることってなんだろう……？　このままただ彼に甘えてるだけでいいの？　でも、それはなんだか違う気がするし……

考えれば考えるほど、答えから遠ざかっていく気がする。

「あの、石田さん……」

「ん？　何？」

「石田さんは、旦那さんに甘えることってありますか？」

唐突な質問に、石田さんがえっ、と素《す》っ頓狂《とんきょう》な声を上げた。でも、私の顔を見て、すぐに真顔になって考えてくれた。

「甘えるか～……付き合ってた時はそれなりに甘えてたかな？　でも私、あまりベタベタするの苦手だから、そういう感じの甘えるは少ないけどね。今すぐ思い付くのは、具合が悪い時に買い物を頼んだりとか、病院に連れて行ってもらったりとかかな。まあ、そんな程度よ。でも、夫婦なんて子どもができたら意識が子どもばっかになっちゃうから、相手に甘えるというよりは頼るって感じかな」

「頼る、ですか……」

「そうそう。家族なんだもの。自分の力だけじゃ無理っていう時は、遠慮なく相手に頼るわよ？」

「……でも、あの……旦那さんがお仕事で忙しい時とか、頼りにくくないですか？」

「そんなのお互い様よー。私だってこうして仕事してるんだし、家事や子どもの送迎だってメインは私がやってるんだもの。それくらいはやってもらわないとね」

石田さんがニコッと笑って、お弁当を食べる手を動かし始めた。

――なるほどなあ……

彼女の言うことはもっともで、何も異論はない。

どちらかが一方的に何かをするのではなく、お互いにできることをする。それで、どちらかができない時は、頼ったり頼られたりしながら生活する。

日々のそういったことが上手《うま》く夫婦関係を保つ秘訣なのかもしれない。

自分が彼に尽くしたい、やってあげたいと思うのと一緒で、稔さんもきっとそう思ってくれているということだ。

この先も彼と一緒にいたいなら、彼の厚意はありがたく受け入れて、持ちつ持たれつ関係が長く続くように私も意識を変えていかないといけないのかも……

二十五にして目から鱗《うろこ》がぽろぽろ落ちる。

稔さんと一緒にいるといろいろなことを知るものだなと、改めて自分の身に起きた変化に驚いてしまう。

お人好しで、ついいろいろと世話を焼いてしまいがちだし、ダメな異性ばかり惹きつけてしまう私だけど、今率先して世話を焼きたいのは稔さんだけだ。

お人好しな性質はそう簡単には治らないかもしれないけど、これから先も彼と一緒にいるために、やってあげるばかりでなく、ちゃんと稔さんに甘えられる自分になろうと思った。

そう決意した私なのだが、この日の夕方、稔さんからきたメッセージにがっかりした。

【今夜は泊まりになるので、帰れません。帰りは信頼できる人に頼んだので、その人の車で帰って

ね。帰宅したらちゃんと玄関に鍵をかけてくださいね。寂しい思いをさせてごめん】

これまで仕事で泊まりになることなんかなかったのに。こんなことは初めてだった。

深夜まで及ぶとなると、何かの話し合いだろうか。それとも遠方に出張とか？

全国に支店や営業所があるので、急な視察などの目的で出張するというのもあるかもしれない。

でも、それならそれで、もっと早い時点でスケジュールを教えてくれるはずだし……

――こんなに急に決まるってことは、何かトラブルでも起きたのかな……？

いろいろ考えては胸がモヤモヤする。だけど、どんなに考えたって彼がいない事実に変わりはない。心の中でため息をつき、彼が手配してくれたハイヤーで帰宅した。

玄関のドアを閉めてリビングに進む。しーんと静まり返った部屋に佇《たたず》み、思わずため息をついた。

このところずっと稔さんと一緒だったから、一人の空間がやけに広く感じる。すっかり彼がいる生活に慣れてしまった証拠だ。

――一人の生活なんか慣れっこのはずなのに、なんだか寂しい……

昨夜はあとをつけられたことで不安になっていたけれど、今夜はそんなことを一瞬たりとも考えなかった。

ただ、稔さんがいない。そのことだけが不安だった。

それから丸一日が経過して、翌日の夕方。稔さんからメッセージが届いた。

【今夜は俺が迎えに行くよ。お土産《みやげ》もあるからね】

メッセージを見た瞬間、ホッと気が抜けた。

――稔さん！　帰ってきてるんだ……!!

今夜は彼が戻ってくる。それを知ると今度は会いたい気持ちが込み上げてきた。そのせいでそわそわしてしまい、何度も腕時計をチェックしてしまう。

早く終わってほしいのに、こういう時に限って時間が過ぎるのがやけに遅く感じる。

それでもなんとか表向きはいつもどおりに仕事をして、迎えた終業時間。かなり巻きで仕事を進めていた私は、時間ぴったりに石田さんに挨拶《あいさつ》をし、部署を飛び出した。

社屋を出て、いそいそと待ち合わせの場所へ行く。会社の近くの道路沿いに稔さんの車が停まっているのが見えた時、全身から喜びが湧き上がった。

「稔さん！　お帰りなさい」

助手席のドアを開き車に乗り込むと同時に、彼に声をかけた。すると彼は私の腰に手を添え、グッと自分に引き寄せてくる。

「ただいま。一晩寂しい思いをさせてごめんね」

耳のすぐ横で彼のイケボが響く。たった一晩だけなのに、この声がなんだか懐《なつ》かしく思えた。

「謝らなくていいですってば。でも、さ、寂しかった……です」

正直になったら、至近距離で顔を合わせた稔さんが無言になった。

「……ヤバい。今、思いっきりキスしそうになった」

「えっ!!」

彼が笑いながら、私の腰から手を離した。

「まずいまずい。ここじゃ誰に見られるかわからないから、我慢しなきゃね。早く帰ろう」

「そ、そうですね……」

助手席に座り直して、真正面を向く。

そう言いながら、キスしてもらえなかったことを少し残念に思っている。いつから私は、こんなに大胆になったんだろう。

何気なく稔さんに視線を送る。

スーツは昨日着ていたものと違うので、着替えたようだった。

「ところで稔さん、昨日は出張だったんですか？」

「いや、会社にいたよ」

「えええっ!! まさか、会社に泊まり……!?」

驚く私の隣で、稔さんが真顔でうん、と頷く。

「ごめん、風呂入ってないから俺、匂うかも。朝、サウナに行こうと思ってたんだけど、気が付いたら始業まで寝ちゃって。あ、でもちゃんと服は着替えたから」

まるで心配しないで、と言わんばかりににこっ、とする稔さんに唖然とする。

「なんだ……！ 私、てっきり急な出張でどこかに行っているんだとばっかり……」

「会社です……。話したらきっと星良が心配すると思ったから、言えなかったんだよ。ごめんね」

稔さんが申し訳なさそうに肩を竦《すく》めた。

「いいですけど……会社に泊まるくらい、お仕事大変なんですか？」

「んー、まああある意味仕事みたいなもんかな。今後のための準備というか。なるべく早く済ませておきたかったんで」

おかげでやるべきことは全て終わったから安心して、と稔さんが微笑む。

「もう……そういうところは最初の頃と変わんないですね……」

口では苦言を言いつつ、内心ではそうだ、こういう人だった、と以前の彼を思い出して、納得してしまった。

「でも、会社にいたのに、なんでお土産《みやげ》があるんですか？」

「そりゃ、星良の側を一晩離れたんだ。それ相応の償いはしないとね」

「お、大げさです！　そんなのいいのに……」

償いなんて必要ない。私は、稔さんが元気で側にいてくれればそれだけで満足なのだ。

「ワンピース四千円するメロンショートケーキなんだけど」

「よ、四千円っ⁉　な、なんですかそれは‼　そんなの聞いたことないですよ‼」

「じゃ、いらない？」

「いります‼」

勢いよく返事をしたら、稔さんに「あははは‼」と大きな声で笑われた……

帰宅していつものように夕飯の支度をする。彼が買ってきてくれたお土産《みやげ》は、食後のデザートにした。

今夜の献立はどうしたってケーキが頭を掠めてしまい、とっても簡素なものになった。

ご飯、タマネギとジャガイモのお味噌汁、きんぴらごぼう、だし巻き玉子。あとは冷蔵庫に残っていたたくあんのお漬物をつけた。

「質素ですみません……稔さん、これで足りますか？」

食後のケーキを意識しすぎたため、大人の男性には物足りないメニューになってしまったかもしれない。

その心配を稔さんが笑顔で払拭《ふっしょく》する。

「全然問題ナシだよ。車中泊の時なんか、その辺のコンビニで買った菓子パン一つで済ませてたこともあるし。むしろご馳走だね」

──それは……極端です、稔さん……

やれやれ、と思いながらも、彼が美味《おい》しそうにご飯を食べてくれるとやっぱり嬉しいし、幸せだ。

こんな毎日がずっと続けばいい。改めてそう思った。

「あのね、稔さん」

「ん？」

綺麗な所作でご飯を食べながら、彼が私を見る。

「昨夜、稔さんがいなかったことでいろいろ考える時間があって」

「え。もしかして、俺がいない方が、居心地がよかったとか、そういう……？」

一瞬で彼の顔が蒼白になる。

「そうじゃないです。じゃなくて逆です。稔さんのいる生活が当たり前になってるなって、改めて実感したんです。たとえ一晩でも、稔さんがいない夜は寂しかった」

「星良」

「私、お節介焼きだし、それで変わった異性に好かれやすかったりもしますけど……でも、これから先、私がお節介を焼きたいと思うのは稔さんだけです。だから、あの……」

ここから先はとても言いにくい。稔さん、ずーっとこっちから視線を外さないし。

「私……」

「ちょっと待った、星良」

「え」

肝心なところを言おうとしたら、待ったをかけられた。

「それは俺に言わせて。星良、結婚してくれないかな」

思わずごくん、と喉が鳴ってしまった。ついでに背筋が勝手に伸びた。

「みっ……!!」

「本当はもっと凝《こ》った演出とかしたかったんだけどな。ベタだけど、夜景の見えるホテルの高層階にあるレストランで、とかさ。でも、先に星良に言われちゃうのは阻止したいからね」

稔さんがちゃぶ台を掴み、横に移動させる。私達の間に何も阻《はば》むものがなくなると、彼は座ったまま私に近づき、その手を取った。

それを自分の口元に持っていき、唇を押しつけてくる。

「道に転がっていた俺を拾って世話してくれてありがとう。でも、これからは世話されるばかりじゃなくて、する側にも回りたい。俺に、星良の全てを預けてくれないか」

「す、全て⁉」

「そう。あ、財産とかそういうんじゃなくて。気持ちを預けてほしい。何かあれば俺が星良を助けるし、支える。お互いがお互いを支え合う関係を築いていきたい」

「……あの、それって……」

まさに今、私が言おうとしていた内容と、ほぼ一緒だった。

彼も私と同じように考えていた。それに驚いたけれど、こんなに嬉しいことはない。

私は勢いよく目の前にいる彼の胸に飛び込んだ。

「星良？」

「嬉しいです……私も、稔さんと全く同じことを考えてました」

「そうなの？」

嬉しそうな声が頭の上に降ってきた。喜んでくれていることがわかって、胸が温かくなる。

「こちらこそ、ぜひよろしくお願いします……」

彼の手が、私の背中を優しく撫でる。

「うん。こちらこそずっとよろしくお願いします。俺、星良に捨てられないよう頑張るよ」

最後の一言に顔が緩む。

「捨てないですよ」

体を離してお互いに顔を見合わせ、ふっ、と笑い合う。

「じゃー、食事が終わったら、買ってきたケーキで仮のお祝いをしようか」

「仮？　なんのお祝いですか」

「二人の気持ちが通じ合って、結婚が決まったことに対するお祝い。さすがにケーキ一個でお祝い終了っていうのも味気ないから、仮。ちゃんとしたお祝いはまた後日」

「仮じゃなくて、これが本番のお祝いでもいいですけど」

「そういうわけにはいかない。ちゃんと計画してるんだから、せめて実行だけはさせてもらいたいな」

そう言いながら彼が食事を再開させる。私は気にしないのに、変なところにこだわるのだな。

──まあ、いいか。稔さんにお任せで。

幸せいっぱいの私だけど、そういえば、この前誰かにあとをつけられた件が解決していないと思い出した。だけど不思議と、不安を感じなかった。

こんなに穏やかな気持ちでいられるのは、多分、稔さんの存在のおかげだと思う。

彼と今後も一緒に住むことが決まっているので、近いうちに、このアパートからも引っ越すことになるだろう。そうなったら自然とあとをつけられることもなくなるはずだ。

稔さんとの未来を夢見る私には、新生活に対する希望や期待しかなかった。

仕事を終え、明日の分の準備まで終えたところで定時を迎えた。

今日の帰りは稔さんではなく、彼が手配してくれたハイヤーに乗る予定だ。

――途中でスーパーに寄ってもらわないと、食材がないな……

周りの人達に挨拶《あいさつ》をして部署を出た私は、レシピを見ようとスマホを取り出した。そのスマホに一件の不在着信があった。見覚えのない番号に首を傾げる。

――誰だろう？

このまま放置というわけにもいかなくて、とりあえずコールバックしてみた。

『はい、江藤です』

えとう、えとう…………江藤⁉

「えっ、あの、森作です……もしかして、不動産屋の江藤さんですか⁉」

『はい。先日は大変お世話になりました。お忙しい時にすみません。かけ直しましょうか』

「いいえ、大丈夫です。それよりもご用件は……？」

『……それがですね、大変言いにくいことなのですが……実は、松永さんのことで少々ご相談したいことがございまして』

「松永のこと……ですか」

稔さんの名前が出てきたことに驚く。それと共に若干胸がざわついた。

『ええ。実は、先日松永さんがこちらにいらっしゃったんですけど、その際、私が森作さんにストーカー行為を働いていると仰《おっしゃ》いまして』

「えっ」

――江藤さんが私のストーカー⁉

『もちろん事実無根です。私もできる限りの説明はしたのですが、どうしても訴えると言って退《ひ》いてくださらないのです』

「う、訴える……⁉　松永がそんなことを？」

江藤さんが弱りきった声ではい、と言う。

『松永さんのあまりの剣幕にうちの所長も困惑してまして。このままだと仕事にも影響が出かねません。私としてはどうにか松永さんの誤解を解きたいと思っているのですが、間に入っていただくわけにはいきませんか』

「私がですか」

『はい。不躾《ぶしつけ》なお願いで申し訳ないのですが、もうそれしか方法が思いつかなくて……』

なんだか急すぎて、話が全然頭に入ってこない。

とりあえず今は状況を確認するのが先決だ。

「わ……わかりました。とりあえずこれからそちらに伺います。そこで詳しいお話を聞かせていただいてもよろしいでしょうか」

『ええ、もちろんです。お待ちしております』

通話を終えて、ため息をつきながら側にあった壁に凭《もた》れた。

――み、稔さあん……!!

まさか一人で江藤さんのところに行っていたなんて。

ストーカーって、多分この間のあとをつけられた件だろうけど、それをしたのがどうして江藤さんになるのだろう……？

いまいち考えがまとまらない。でも、とにかく今は江藤さんに会って話を聞かなければ。

私は、迎えに来てくれたハイヤーに急いだ。

「すみません、行き先を変更してもらってもいいですか？」

アパートではなく不動産屋へ行ってくれるよう頼んだハイヤーは、どこにも寄らず真っ直ぐ江藤さんのいる不動産屋に向かい、建物の前で停まった。江藤さんが店の外に立っているのが見えた。

――もしかして、あのあとずっと外で待っていたのかな。そんなに困ってるの……？

そこまで人を困らせることを、本当に稔さんがしたのだろうか。

まだ疑問は大いに残っているけれど、とにかく急がなければと焦りつつハイヤーのドアを開けた。

その音でこちらを向いた江藤さんが、私に気付いて笑顔になった。

「森作さん、こんばんは」

「こんばんは……」

笑みを浮かべながら私に近づいてくる江藤さんに、なぜだか違和感を覚えた。

――あれ。江藤さんってこんな感じの人だったっけ？

「突然すみません。お仕事帰りでお疲れですよね」

「い、いえ……そんなことはないんですけど……」

江藤さんが更に近づく。でも、なぜかあとずさりしてしまう自分がいた。

目の前にいる人は危険だと、私の本能が訴えている。

――ダメだ……!!　この人怖い……!!

多分、泣きそうな顔になっていたんだと思う。そんな私を見て、江藤さんが急に困り顔になった。

「……そんな、あからさまに怖がらなくても……」

ポリポリと頭を掻きながらため息をつく。なんだかさっきよりも雰囲気が柔らかくなった気がするのは気のせいだろうか。

「森作さん」

「は、はいいい……」

「ごめんなさい、さっきの電話の話は半分くらい嘘です」

「えっ……？」

ポカンとして江藤さんを見つめる。彼は、口元に手を当てて可笑《おか》しそうに笑った。

「まさかあれで、本当に来てくれるとは思いませんでしたよ」

「ええ……!!　……じゃあ、さっきのストーカー云々《うんぬん》っていうのは……」

「ああ、俺が仕事帰りの森作さんのあとをつけたのは本当です」

「は……？」

衝撃の告白に開いた口が塞がらない。

――あとをつけてたのが、江藤さん……!!

「なんでそんなことを……」

「んー、森作さんをいいなって思ってて、隙あらば口説こうと思っていたからですかね？」

「く……口説く……？」

「あれ？　もしかして全然気が付いてなかった？　松永さんはいち早く見抜いてましたよ。内見の時から、俺を見る目がスナイパーのようだったし」

その時の稔さんを思い出したのか、江藤さんがククッと肩を揺らす。

目の前の江藤さんと、彼の言っている内容で全てを把握した。

この人は近づいてはいけない人だ。だけど、今は怖さよりも騙《だま》されたことに対する怒りの方が大きかった。

「ひどっ……！　騙《だま》しましたね!?」

「人聞きの悪い。松永さんにストーカーで訴えると言われているのは事実なので、仲裁をお願いしたいのは本当ですよ。困ってるんです、本当に。松永さんは私の意見に耳を傾けてくれないので」

江藤さんがため息をつきながら額を押さえる。

「もう本当に、松永さんどうにかなりませんか？　本部にまでクレームを入れられてしまって、私しばらくの間、接客禁止なんですよ」

まさか自分の知らないうちにそんなことになっていたなんて。

驚いたけど、稔さんに対するモヤモヤも若干生まれた。なんで話してくれなかったんだ、と。

「だ、だからって、嘘をついて呼び出すなんてひどいです!!」

本気で怒っているのに、なぜか江藤さんがクスッとする。

「森作さん、本当に人がいいですよねぇ。まあ、そういうところが気になったんですけど……」

背中を屈《かが》め、私の顔を覗き込んでくる江藤さんに自然と腰が引ける。

「どうです。あんな面倒くさそうな松永さんなんかやめて、俺にしませんか？」

「し……しませんしません!!　私は、稔さんがいいんですっ!!　それに人の恋人に対して面倒くさそうとか、失礼じゃないですか!?」

「だって事実でしょう。現に今、仕事放りだしてここに駆けつけてるしね。――松永さん、あなた社長なのに仕事はどうしたんです、暇なんですか？」

江藤さんの言葉に驚くと同時に、背中に何か触れた。慌てて振り返ると、汗だくの稔さんが立っている。

「今時の社長は定時で上がるものなのですよ。知りませんでしたか？」

そう言いながら、稔さんが私と江藤さんの間に立ち塞がった。

「定時で上がる……っていうか、めちゃくちゃ急いで来てるじゃないですか。そんなに彼女のことが心配ですか？　思ったより余裕ないですね、若社長」

「ありがとうございます。若いうちから余裕があると周囲に足をすくわれかねないので、これでいいと思っています。それに、私の彼女は可愛いですからね。いい人ぶった狼がいつ牙を剥《む》いてくるかわからないので、常に目を光らせておかないと」

「はは、今まさに狼に食べられそうになってましたよ。ここが人の目のあるところでよかったですね。さもなきゃ、今頃どうなっていたか……」

江藤さんが私に流し目を送ってきた。

「美味《おい》しそうですもんね、森作さん」

鋭い眼差しに、ビクッと肩が震えてしまった。その肩を稔さんが力強く掴んでくれる。

「大丈夫です、常に私が側にいますから。江藤さんはご自分の心配をしていてください」

——あ……あわわわわわ……

稔さんも江藤さんも笑顔だけど、ちょいちょい混じる皮肉が怖い。

「いやあ……松永さん、面白い。変わってる人だと思ってたけど、そのとおりだった」

「お褒《ほ》めにあずかり光栄です」

「褒《ほ》めてないから」

「私は一生彼女のことを放すつもりはないですし、あなたにチャンスなど巡《めぐ》ってきませんので。さっさと諦めてください」

江藤さんがじっと私を見てくる。その眼差しに、震えそうになる。そんな私を見て、江藤さんがかけていた銀縁のメガネを外してシャツの胸ポケットに引っかけた。

——あれ……江藤さんって、もしかしてイケメンだったり……

直後、いきなり目の前が暗くなった。どうやら稔さんの手で目隠しをされたらしい。

「ぶっ……見せたくないとか、心狭すぎませんか？」

江藤さんの笑いを含んだ声が聞こえた。

「星良が汚れるようなものは、見せられない。いくら社長でも、こんな面倒な人じゃねえ……」

「すげえ独占欲。苦労するよ、森作さん。」

目を覆《おお》う稔さんの手をどかし、江藤さんを見る。彼は笑顔だった。

「俺には太刀打《たちう》ちできそうにないので、諦めて違う女性を探しますよ。んじゃ、お疲れっした」

さっきまでの営業モードが完全に崩れて、本来の江藤さんが顔を出しているような気がする。

そんなことを考えながら、江藤さんが店の中に入っていくのを見送った。店のドアが閉まった途端、稔さんが大きくため息をついたのが聞こえた。

「まったく……とんでもないな」

「ご、ごめんなさい……」

稔さんの言葉が私の行動に対して言われたものだと思い、すぐに謝った。でも、稔さんが言ったのはそのことについてではなかった。

「いや、星良に言ったんじゃないよ。あの男、あれだけいろいろ釘を刺しておいたのに、諦めが悪くて」

はあ……と稔さんがため息をつく。

「とにかく、怖い思いをさせてごめん。あと、何も言わずに勝手に手を回していたことも謝るよ」

そう言って私に謝ると、稔さんはハイヤーの運転手に一声かけてから、近くに停めてあるという車に向かって歩き出した。どうやら、ハイヤーの運転手さんが私の居場所を稔さんに伝えてくれたらしい。

「星良から誰かがあとをつけていた、という話を聞いて、真っ先に江藤の顔が浮かんだ。だから、この前留守にした夜、江藤に会って直接話をしたんだ」

「え。あの夜、そんなことを」

「なんというか、あの男。飄々《ひょうひょう》としててね。こっちが証拠を出しても知らない、記憶にないって言い張るから、少々強引な手段を取らせてもらった」

「訴える、ってやつですか？」

「そう。なんというか同族の勘、みたいなもので、あいつは簡単には諦めなさそうだと思ったからね」

「ど、同族？」

稔さんと江藤さんがなぜ同族なのか。意味がわからず、聞き返す。

「言葉にするのは難しいけど、狙ったもの、気に入ったものに対してとことん執着するタイプ、とでも言えばわかりやすいだろうか。そこだけで見ると、俺と江藤はよく似ているのでね。なんとなく行動パターンが読める」

「そうなんですか……！」

「俺がどんなに釘を刺したところで、あいつは絶対に、星良に会おうとすると思っていたんだ。星良が不動産屋に行くとハイヤーの運転手に告げた時、運転手は俺にもそれを知らせてくれた。で、俺も不動産屋に向かった、というわけ」

話している間に駐車場に到着した。彼が助手席のドアを開けてくれる。

「この間の夜って、仕事じゃなかったんですか……」

「うん。黙っててごめんね。あとをつけられたなんて聞いたら放っておけなかったし」

「でも私、本当に江藤さんとは、必要最低限の会話しかしてないのに。なんで好かれたのかわかんないんですけど……」

はあ……と項垂《うなだ》れながら心情を吐露《とろ》すると、なぜか稔さんが運転席で噴き出していた。

「ま、そこは……アレだ。星良の本領が発揮されたんじゃないか……？」

「やっぱり、そうなんでしょうか……私としては全然発揮したくないんですけど」

「まあ、それはっかりはね。かくいう俺もそれにやられたクチだし。でも大丈夫。今回みたいに変なのが近づいても、俺がなんとかするから」

ね？　と一緒に、チラリとこちらに流し目が送られてきた。

稔さんにそう言ってもらえてホッとする自分がいる。こういうのが守られてるっていう安心感なのかな。

「す……末永くよろしくお願いします……」

助手席で、深々と頭を下げた。

「はい、こちらこそ。星良こそ、俺を捨てないでね」

何度目かの返しに噴き出しそうになって、体を戻してから稔さんを見る。ハンドルを握ったままにこにこしている彼は、やっぱりちょっと変わった人だと思う。

でも、愛しい。

仕事に関してはかなり真面目だし、いつも時間があれば仕事関係のことをタブレットでチェックしているのを知っている。それに私のことを自分より優先してくれるすごく愛情深くて優しい人なんだって知ってる。

「……捨てるわけないじゃないですか。もう……」

彼への気持ちが高まってしまい、私はそう返すのがやっとだった。


アパートに戻ってから、残り物で簡単にチャーハンとスープを作った。それをペロリと平らげた私と稔さんは、部屋の中で思い思いにゴロゴロしていた。

私はクッションに腕を預けながらテレビを観ていて、稔さんはパソコンで動画を観たり、何か作業をしたりしていた。けれど、しばらくして、稔さんが布団の上にごろんと横になった。

「……稔さん、眠いの？　寝るんだったら先にお風呂入ります？」

まだ就寝時間には早いと思うが、今日はいろいろあったし、疲れているのかもしれない。

「んー……寝るってほどじゃないんだけど。ねえ、星良」

仰向けで横になっていた稔さんが、ごろんと転がってこっちを向いた。

「はい」

「寝る前にちょっとイチャイチャしない？」

「……えっ!!」

てっきりこのあとお風呂に入って寝るんだと思っていたので、意表を突かれてしまう。

「え、あ……でも、疲れてるんじゃ……」

「大丈夫、その分の体力は常に蓄えてあるから」

「それはどういう……」

「あ、お風呂ね。了解。じゃあ、一緒に入るってことで」

稔さんがむくっと起き上がった。

彼が言ったことが数秒理解できなかったけど、意味がわかると無意識のうちに首を横に振っていた。

「い……いやいやいや、無理ですって！　うちのお風呂が狭いの知ってるでしょ!!」

「知ってるけど、星良が言うほどじゃないよ。二人でも、ギリ一緒に入れると思う。ただ密着しないとダメだけど」

「密着……」

想像しただけでドキドキしてきた。ていうか、これまであんなこともこんなこともしてるのに、なんでいまだにドキドキしてるんだろう、私。

「ま、ここであーだこーだ言い合ってても答えなんか出ないんだから、実際やってみようか？」

「え、ちょとま……」

稔さんに手首を掴まれて、バスルームまで引っ張られてきてしまった。

「じゃ、星良バンザイ」

当たり前のように私の服を脱がそうとする稔さんに、待ったをかける。

「待って！　なんで私が先なんですか!!　そ、その前にお湯張りますから」

先に浴室に入り、浴槽にお湯を入れ始める。

――これ、本当に一緒に入る流れだよね……

浴室内を見回しながら、本当に二人で入れるものなのか考えてしまう。

「ねえ、稔さん、やっぱり無理なんじゃ……きゃあっ!!」

振り返ったらもう全裸になっている彼がいて、素で驚いてしまった。だって、明るいところで稔さんの裸を目《ま》の当たりにするのが随分久しぶりだったから。

「何今更驚いてんの。ほんと、星良は可愛いね」

真っ裸の稔さんに正面から抱き締められてしまい、すぐに言葉が出てこなくて口をパクパクしてしまう。

「……っ!!　い……いいから、先に入っててください!!」

「そう？　じゃあそうさせてもらうけど。ちゃんと星良も来るんだよ」

去り際、彼が私の頭に手をポンと置いてから、浴室に入っていった。

――こ、これ、どのタイミングで入っていけばいいの……

ドキドキしながら浴室の前をうろうろしていると、いきなりバン、と浴室のドアが開き、髪から水を滴《したた》らせた稔さんが顔を出した。

「星良、ほら、早く来て」

「あ、はい……」

もういいや。という気持ちで服を全部脱いだ。それでもと思いフェイスタオルだけ持って浴室に入ると、すでに湯船に浸《つ》かっていた稔さんがクスッと笑う。

「それ、温泉スタイルだね」

胸の辺りを覆《おお》っているタオルを指しているのは明白だった。

「だって、全裸で堂々とって入りにくいじゃないですか……」

「そういうものかな」

浴槽の縁に腕をのせてこっちを見ている稔さんは、すっかりリラックスモードだ。逆に私は、ずっと見られているのでリラックスするどころじゃない。

——う……き、緊張する……友達と温泉に入るのとは全然違う……

「あの……先に髪を洗ったり体を洗ったりするので、ちょっとあっち向いててくれませんか」

「え。なんで」

「視線に耐えられないからです……」

正直に言ったら、稔さんがまた笑う。

「見たかったけど仕方ない、今日は我慢するか」

私のお願いを聞いて背中を向けてくれたので、今のうちとばかりに髪と体を洗った。はっきりいってちゃんと洗えているか怪しいけれど、仕方ない。

「洗い終わりました、けど……やっぱりそこ、私が入る場所なくないですか？」

「あるある。だからおいで？」

おいでと指差すのは、彼の太股《ふともも》の上だ。

「でも……」

「大丈夫だって。ほら」

稔さんが私の腕を掴み、強引に引っ張る。言われるままに彼の上に乗っかる形で湯船に入った。勢いよくお湯が湯船の外へ溢《あふ》れ出る。

「ほらね、大丈夫でしょう」

「大丈夫というか……乗っかっちゃってますけど……重くないんですか」

「全然。むしろ心地いい」

嬉しそうに微笑む稔さんに、ぎゅっと後ろから抱き締められた。肩に顎《あご》がのっかってきて、なんだか大いにリラックスしている感じだ。

「あの……」

「ん？」

「手が……」

気が付いたら、すごくさりげなく稔さんの手が私の乳房を覆《おお》っている。覆《おお》うだけでなく、徐々に指先に力が籠《こ》められて、ゆっくりと乳房を揉み込まれた。

「うん、そこに胸があるから」

「なんですかそれ……」

喋《しゃべ》りながら肩越しに稔さんを見る。それを待っていたとばかりに、彼の顔が近づいてきて唇が塞がれた。

「……っ、あ……」

稔さんの体勢が前のめりになって、だんだんキスが濃厚になっていく。その間も胸への愛撫《あいぶ》は忘れておらず、先端に狙いを定めてきゅっと摘まれたり、指の腹で強めに擦られたりする。

「あ……はあっ……」

胸の先から全身に伝わる甘い痺《しび》れと、キスの気持ちよさ。更にお湯に浸《つ》かって体が温まっていることもあいまって、いつもより頭がぼーっとなるのが早い。

「ふふ。星良、頬がピンク色になって可愛い」

頬にチュッと何度もキスをされる。それがくすぐったくて、無意識に体が逃げてしまう。

「も、もう……っ。お風呂に入るだけじゃなかったんですか」

「そのつもりだったんだけど、やっぱりダメだな。星良が近くにいると自制がきかなくて」

「ぜ……絶対そんなつもりなかった、でしょ……あっ」

首筋を強く吸い上げられて、つい声が出てしまった。

「びっくりした？　ごめんね」

「……大丈夫……」

ごめんねと言いつつ、稔さんに愛撫《あいぶ》をやめる気配は全くない。私の体を反転させて自分と向かい合わせにすると、首筋から鎖骨へ、鎖骨から胸の頂《いただき》へと唇を移動させ、舌先でツンと先端に触れてくる。

「んっ……」

強めの刺激に体が震えた。自然に口から甘い吐息が漏れてしまい、このままのんびりお風呂に浸《つ》かってリラックス、という状況ではなくなっている。

「……っ、あ……」

胸先への執拗《しつよう》な愛撫《あいぶ》に腰が揺れる。ただでさえ体が温まってきているところにこういうことをされると、体が火照《ほて》ってたまらなくなってきた。

「み……稔、さんっ……あの……ここじゃ……」

「ん。わかってる。でも……ちょっと今やめるのは無理かな」

できることなら湯船ではないところで、とお願いしたのに、稔さんの舌遣いはどんどん激しくなっていく。

乳首を舌で舐《な》め転がしつつ、たまに強く吸い上げる。それを左右の乳房に繰り返しされて、喘《あえ》いでいるだけの私はすでに疲労困憊《こんぱい》していた。

「……っ、もう、だめですっ……お願いだから、外に……」

「星良、意外と体力ないね」

「そ……そういうんじゃないですよ……そうじゃなくて……なんかもう、気持ちよすぎて……」

好きな人にされる愛撫《あいぶ》って、なんでこんなに気持ちいいんだろう。と思い始めたら、いつにも増して稔さんに対する気持ちが溢《あふ》れ出してしまった。

その結果、気持ちよくなるのも早かった、ということなのだろう。

それをちゃんと稔さんに説明するよりも、今はとにかく風呂から出たい。

――じゃないと、え……えっちできないし……

えっちなことはしている。でも、ちゃんとしてもらうためにはここから出なければいけない。

なのに、ここへきて羞恥心《しゅうちしん》というものが邪魔をして、それを言葉に出せない。

「気持ちよすぎたの？　それはそれは……」

「あっ!!」

稔さんの指が、私の股間に触れてくる。繁みの奥にある蜜壺に指を入れられて、軽く掻き回された。

「や……あっ……！　だめ、ですってば……!!」

彼の肩に手をのせたまま、ふるふると首を横に振った。稔さんはそんな私を見て、嬉しそうに口元を緩めている。

「だめって、これで……？　星良、もうぐちゅぐちゅだよ」

「う……そ、それ、恥ずかしいです……」

「もしかしてもう俺のこと欲しくなっちゃった？」

思っていたことをはっきり口に出して指摘されてしまうと、図星とばかりに顔が熱くなった。

この反応だけで彼には全部わかってしまったらしい。

「ふっ……そうか、わかった。じゃあ、星良の欲しいものをあげるよ」

深い口づけをしたあと、ようやくバスルームを出ることになった。

出てすぐに体をタオルで拭う。彼はタオルを体に巻き付けたまま布団を敷き、そこに私を引っ張り込んだ。

布団の中でお互いのタオルを取り抱き合う。風呂上がりだからお互いとても温かい。

「星良温かいなー!! 冬は手放せないね」

「それを言うなら稔さんも温かいですよ」

ぎゅうう、と抱き締められてちょっと苦しい。でも、いつもより強めのこの感じが、なんだか心地よかった。

「そう？ でも、星良は温かいし、柔らかいよね」

稔さんが抱き締める腕を解いた。私を布団の上で仰向けにさせると、彼は自分の手を片方が私の腰に、もう片方は私の頬に触れさせる。

いつになく熱の籠《こ》もった目で見つめられて、ドキンと大きく心臓が跳ねた。

「星良、愛してる」

「……み」

「愛してるよ」

ダメ押しとばかりに二回言われて、不思議な感覚に陥《おちい》る。

それは、これまでに経験したことがないほどの幸福感と、充足感かもしれない。

「あ……ありがとうございます……私も、稔さんを愛してます……」

正直、これまで恋と愛の違いをよくわかっていなかった。でも、今ならわかる気がする。ダメなところもいいところもひっくるめて、この人のことを愛しく思う。だからこそこの人を失いたくないし、この人が誰よりも大切だ。

こういう気持ちが、きっと愛なのだろう。

「星良」

彼の顔が近づいてきて、深く口づけされる。

「あ……んっ……」

もう、食べられているのでは、というくらいに激しいキスに翻弄《ほんろう》されて、すぐに頭がぼーっとしてくる。

「み……のるさんっ、はげし……」

「ああ……ごめん。でもやめないけど」

その宣言どおり、激しいキスは続いた。その間、頬にあった手が移動していて、いつの間にか蜜壺に指が差し込まれていた。

彼の長い指が、膣の浅いところと奥を交互に愛撫《あいぶ》する。時に激しく、時にゆっくりと、膣壁を撫でるように愛撫《あいぶ》されて、だんだんキスよりもそっちに意識が移動していった。

「っ……ん、あっ、あ……!!」

キスの合間に耐えきれず声が漏れた。それを合図にキスをやめた稔さんが、体をずらして乳房を舌で愛撫《あいぶ》してくる。

「……どうする？　もう挿《い》れちゃう？」

胸先を舐《な》められながら上目遣いで尋ねられる。その色っぽい視線にドキッとしてしまった。

「い……いれ……ちゃいますか……？」

聞かれているのに聞き返したら、笑われた。

「俺はいつでも挿《い》れたいと思ってるよ」

この言葉にキュンと胸がときめく。同時に、子宮が彼を求めて疼《うず》いた。

「……挿《い》れて……ください……」

言った瞬間、すぐに稔さんが体を起こした。表情からは笑みが消え、私から引き抜いた指を軽く舐《な》めて、壁際に置いてあった自分の鞄に手を伸ばす。

「ここにも置いとくかな……」

ぽそっと呟いた一言は、おそらく避妊具のことだろう。心の中でそうですね、と同意している間に装着を終え、彼が布団の中に戻ってきた。

「いい？」

「ん……」

直視するのはさすがに気まずくて、視線を逸らした。すぐにグッと押し当てられた屹立《きつりつ》が呑み込まれるように私の中に入ってきて、無意識のうちに声が出ていた。

「あ……あっ……!!」

お腹の奥に彼の存在を感じる悦《よろこ》びに、体が震えた。一つに繋がるまでのわずかな時間、無意識にシーツを掴んでいた手を、稔さんの大きな手が包み込んだ。

「……っ、星良の中、あったかいな。あと、すごく気持ちいい……」

すぐイきそう。と苦笑しながら、彼が腰をグラインドさせ、私に打ち付けた。

「はっ……ああっ‼」

奥を突かれ、反射的に背中が反《そ》った。彼は私の反応を窺いつつ屹立《きつりつ》を浅いところまで戻すと、今度は奥を突かず入り口辺りを何度か往復する。

「あ……あ、や、それ……んんっ……」

稔さんは、蜜を纏《まと》わせた屹立《きつりつ》を秘裂に沿って滑らせる。蜜壺、それから繁みの奥にある蕾《つぼみ》を直接、熱い昂《たかぶ》りで擦られて、強い快感が全身に走った。

「気持ちいいの？　腰が動いてる」

「き……きもち、いい……っ」

ハアハアと息を乱しながら頷くと、稔さんが満足したように口元を緩ませた。

「でも、できればこっちで気持ちよくなって……俺もイキたいし。……星良、一緒にいこっか？」

彼は蕾《つぼみ》への愛撫《あいぶ》をやめ、再び私の中に入ってきた。グッと奥まで届いた屹立《きつりつ》が、さっきより大きく感じるのはなぜだろう。

「あ……み、稔……さあんっ……なんか、前よりおっきい……っ」

お腹の奥が彼でいっぱいになっている感覚。それを正直に言ったら、彼が上体を倒して私の顔に自分の頬をぴたっとくっつけてきた。

「星良……可愛い。星良の中を一生俺で埋め尽くしたい」

べろりと頬を舐《な》められて、稔さんの色気に背中がゾクッとした。

——う……この人の色気、本当に……

これが色気にあてられる、ということなのだろうか。目眩《めまい》を起こしたみたいにクラクラして、もうどうにでもしてくれという気になってくる。

彼の背中に手を添えて、だんだん激しくなる突き上げに身を任せた。

彼の動きは、ただ闇雲に突くだけじゃなくて、時々動きを止めてぐりぐりと膣壁を擦ったり、浅いところを擦ったりと、私の気持ちいいところを探しているみたいだ。

もちろん他の場所への愛撫《あいぶ》も忘れてなくて、中を責められながら胸の先端を吸われたり、手で揉みしだかれたりするから、だんだん思考がぼんやりしてくる。

——あ……イク……のかな、これ……

なんとなくそうじゃないかと感じて、稔さんに手を伸ばす。何？　と近づいてきた彼の体を、力一杯抱き締めた。

「……イき、そう……」

彼の耳元で申告すると、私の中の彼が更に大きくなった……気がする。

「……星良……可愛いすぎない？」

「え？」

どこらへんでそう思うのかがちょっとよくわからない。

「わかった。じゃあ、一度いこっか」

「あ……あ、だめっ、い……いく……っ……！」

一度の意味を尋ねようとしたら、急に彼の動きが速くなった。ガンガン腰を打ち付けられて、どこかに掴まっていないと体が耐えられないような気がして、稔さんにしがみついた。

「あ……あ、だめ、い、いく――!!」

激しく攻め立てられた結果、快感が一気に押し寄せてきて、弾けた。真っ白になった頭でも、稔さんが動きを止めて、私の中で爆《は》ぜたのがわかった。

「あっ……は、はあっ……」

脱力した稔さんが私の体を抱き締めてくる。汗ばんだ肌の感触が心地よくて、彼の背中を何度もさすってしまった。

「汗……掻いちゃいましたね、お風呂入ったのに」

「うん……だから星良」

「はい？」

「もう一回、一緒にお風呂入ろうか」

「……え。ま、またですか!?」

――それ、無限ループにならないかな……

とは思ったけれど、稔さんには言わなかった。ちなみにもう一度お風呂に入ろうという希望は、断固としてお断りした。私の体がもたないので。

六

週末の土曜。天気が良かったので稔さんを連れ出して近所のカフェにやってきた。朝食と昼食を兼ねたカフェブランチタイム。

その場所に選んだのは、アパートから徒歩五分ほどのところにあるベーカリーカフェだ。

ここは以前大家さんがおすすめだと教えてくれた店で、そのうち行こうと思いながらなんとなく機会がなくてずっと行けないままだったところだった。

自宅の一部を店舗として改装したのだろう。女性が好みそうな、木の温もりが感じられるウッディな内装と、同じく木製のテーブルと椅子がいくつか置いてある。あまり広くないイートインスペースには、私達の他に家族連れとカップルが数組いて、すでにほぼ満席だった。

私はコーンスープとナポリタンのセット、稔さんはきのこをたっぷり使ったマカロニグラタンを選んだ。どちらのセットにも、小さなパンがついている。

ここの一番の売りであるパンはすでに自宅用に購入していた。ちなみに店の一番人気はクロワッサンである。

イートインスペースの一番奥の席で向かい合わせに座った私達は、料理が運ばれてくるまでランチセットのパンとサラダを突《つっ》きながら、これからの話をした。

「そういえば、部屋の契約はどうなっていますか？　この前いいって言ってた物件は……」

「あー、うん。実はマンションの契約に関しては一旦白紙に戻したんだ」

「は、白紙に戻した……!?」

なんで？　と混乱していると、持っていたフォークを置いた稔さんが、椅子の背に凭《もた》れて腕を組んだ。

今日の彼は白いボタンダウンシャツに紺のアンクルパンツ。シャツの袖《そで》を少し捲《まく》って、逞《たくま》しい腕と見るからに高級そうな腕時計が見えている。

「どうしてです!?　あんなに条件に合致した物件なかなかないのに！　稔さんだって乗り気だったじゃないですか」

家具を選んだり、インテリアコーディネーターさんと打ち合わせをしたりと、新居に関しては順調に進めていたはずだった。それなのに、どうして白紙に戻してしまったのか。

「確かにいい物件だったけど……」

一度言葉を切った稔さんが、身を乗り出してくる。

「この際だから、結婚して、新しく家を建てちゃおうかと思って。戸建てなら自分の好きなようにできるし、今後、引っ越しも必要ないだろう？」

「なっ……!?　え、ええええ!!」

「星良、声が大きい」

注意され慌てて口を噤《つぐ》む。そんな私を見て、彼が楽しそうに笑った。

「実は、プロポーズしてからいろいろ考えたんだよ。マンションもいいけど、そもそも自分の希望を詰め込んだ家を建ててしまった方が、話が早いんじゃないかってね」

「そ、それはそうかもしれないですけど、か……」

――かかるお金が全然違います……!!

と言おうとして、言葉を呑み込んだ。

そうだ、この人お金持ちなんだった。

「か、何？」

「いえ……なんでもありません……び、びっくりしすぎただけです……」

どうせお金のことを言っても、大丈夫だよとか言われて終わりな気がする。

そんな私を穏やかに見つめながら、少しだけ身を乗り出した稔さんが、テーブルに頬杖をつき、声を潜《ひそ》めた。

「……これを言ったら怒られそうだけど、そもそも俺、星良といられるなら住むところはどこだってよかったんだ」

心の内を明かしてくれたのはいいが、内容にぽかーんとしてしまった。

「どこだっていい……？　最初、あんなに条件つけたじゃないですか。じゃなきゃ引っ越さないって言ったのは、どこの誰……？」

じとっとした視線を送ると、稔さんが困ったように微笑んだ。

「……本当は俺、はっきり言って引っ越すつもりなんかなかったから。星良には悪いけど、あれは引っ越しを諦めさせたくてやたら条件をつけただけだ。もちろん、会社に近いのはありがたいし、駐車場も必要だったけど」

言われたことがすぐに理解できなくて、固まってしまう。

「ごめんね。そのことに関してはちゃんと反省してる。でも、あんなに条件つけたのにちゃんと見つけてきちゃう星良に感服したというか……俺のために一生懸命探してくれたことが嬉しくて、ますます星良のことが好きになったし、本気で自分の住むところを探そうって気になったんだ。だから、君の努力は決して無駄じゃなかったよ。それに今また、俺が家を建てようっていう考えに至ったのも全て星良が隣にいてくれるからだしね。本当に、ありがとう星良」

思いがけない感謝の言葉をもらって、別の意味で固まってしまった。最初は嘘をつかれたことにちょっと腹が立ったのに、今は幸せな気持ちしかない。

「そ……そんなことは、ないですけど……」

自分の行動が彼の意識を変えた。その事実が嬉しかった。

私がやったことは、少なくとも稔さんにとっては間違いじゃなかったんだ、と。

「だからね、星良の気が進まないなら、予定どおりマンションを借りてもいいし、このまま星良とあのアパートで生活したっていいんだ。だってあそこ、本当に居心地がいいからね。上に住人はいないし下は大家さんで、静かだし」

「そうなんです。だから他のところに引っ越したくなかったというか……お隣さんも若い女性で、すごくいい人なので……」

「もちろん、星良があの部屋を好きだという気持ちもよくわかる。だから、星良があの部屋がいいなら無理に引っ越しはしないよ。星良はどうしたい？」

「私……は……」

自分はどうしたいのか、心の中で問う。

でも、出てきた答えは一つしかないし、即答だった。

場所なんかどこだっていい。稔さんと一緒ならば、どこだって。

「私も同じです。稔さんが一緒ならなんだっていい。だからこそ、私と一緒にいたことで稔さんが家を建てたいと思ったのなら、私もそこに住みたいです」

はっきりと気持ちを伝えたら、稔さんがホッとしたように微笑んだ。

「うん。ありがとう。今度はどういう家にしたいか、二人で意見を出し合っていこう。ね？」

笑顔で「ね」なんて言われると、胸がいっぱいで何も言えなくなる。

つくづく、私は彼の笑顔に弱いと気付かされた。

「……はい、わかりました」

まあ、いいか。二人で作り上げるなら、それはそれでまた楽しみだ。

というわけで、私達が今のアパートから退去するのはまだまだ先になりそうだった。

食事を終えて店を出た私達は、散歩をしながらのんびりアパートに帰ることにする。

天気がいいから、ただ歩いているだけでも気持ちがいい。

――お腹も満たされて、なんかもう充実しすぎるくらい充実してる休日だなあ……

その途中、稔さんのスマホに着信があった。

「あー、秘書だ。出てもいいかな」

「はい、もちろん」

「ごめんね」

私に謝ってから稔さんが通話をタップした。しばらくの間、うんうんと相づちを打って会話をしている彼を横目で見ながら、ぼんやり考える。

――一緒にいると忘れそうになるけれど、この人うちの会社の社長なんだよね。

彼のオンオフスイッチがはっきりしていることもあって、私のアパートにいる時は全くといっていいほど社長らしくない。でも、そこがいいところでもあるんだけど。

でも、こうして秘書さんと会話をしている姿なんかは、やっぱり社長らしく見える。

「うん、じゃあよろしく」

通話を終えた稔さんがスマホをパンツのポケットにしまう。

「あれ、終わりですか？　早いですね」

「うん、確認だけだから。実は、秘書にいろいろ集めてもらっていたものがあってね」

「そうなんですか……仕事、忙しいんですね」

「いや、仕事のことじゃないよ。星良と住む家のこと」

――……へ……？

今、聞き間違いでなければ私と住む家のこと、と言ったような。

「あ、あの……なんで私と住む家のことを秘書さんが……？」

何がなんだかわからなくて聞き返したら、稔さんがにこりと微笑んだ。

「家を建てるのに適した業者をいくつかピックアップしてもらってるんだ。その中から俺が選んで星良にプレゼンするから、そのつもりでいてね」

「………え？　もうそこまで話が進んでるんですか？」

何この急展開。

ポカンとしている私を見て、何かを感じ取ったのか、稔さんがハッとする。

「あ、ごめん。もしかして、また順番間違えた？」

「気付いてくれましたか……よかった」

「うん、まずは結婚式に着る星良のドレスを決めないといけなかったな。ごめん」

思わず眉根を寄せ、隣にいる彼を見上げてしまった。

「そうじゃないでしょ。まずはお互いの両親に挨拶《あいさつ》でしょうが……!!」

「……あ。そうでした」

ごめんごめん。と謝ってくれたので、よしとしようか。

「それでですね……あの、稔さんのご両親にご挨拶《あいさつ》に伺うのは、いつぐらいがいいですか？　私としてはもう一緒に住んでいるし、なるべく早くご挨拶《あいさつ》をした方がいいと思っているんですけれど」

プロポーズをされた以上、やはり家同士のことはなるべく早く済ませておきたいと思うのは私だけじゃないはずだ。

「うちかー。うちはそうだなあ……星良のことは報告済みだから、実際のところ、挨拶《あいさつ》はいつだっていいんだよね」

「……報告済み？　どなたにですか？」

「両親」

意表を突かれて、またしてもポカンとしてしまう。

両親に報告済み。ということは社長のお父様、つまり、会長にももう私のことが伝わっているということ……⁉

「えっ⁉　なっ……いつ⁉　いつ話したんですか⁉」

びっくりしすぎて、思わず稔さんの襟《えり》元に掴みかかってしまう。

「いつって……付き合ってすぐ？　ほら、車中泊なんかしてたから、結構親も心配してさ、一応定期的に現状報告だけはしてたんだよ。まあ、会社に行けば父に会うし……」

「な、な……じゃあ、私のことは……」

「うん、最初から話してたよ。こんな俺を受け入れてくれる貴重な人だって、ありがたがってた。結婚を反対されるなんてことは絶対にないから、安心していいよ」

「そ……そうですか……」

その話を聞いて一気に力が抜けた。実は、普通の家庭の娘とは結婚させない、とか言われたらどうしようかと思っていたのだ。

思っていたより心配していたのか、大きな安堵のため息が出た。

「よかったです……あの、うちも大丈夫だと思います」

祖母や母は何も言わないと思うけど、多分父と祖父は寂しがりそうだ。それが少しだけ心配だった。

「そっか。よかった。じゃあ、近いうちにご挨拶《あいさつ》に行こう。なるべく早い方がいいな、調整するよ」

「ありがとうございます」

「でね。家を建てる場所なんだけど、実はもう、おおよその目星をつけてるんだ。まあ、うちの土地なんだけどね」

またその話に戻るのか。切り替えが早いな。

「あ、はい……そうなんですか」

正直土地のことを言われてもよくわからないのである。

「本社のすぐ近くに母の実家だった建物があるんだ。これまでは祖母との思い出があるからって、そのままにしておいたんだけど、建物もかなり古いし、この際思いきって全部ぶっ壊してそこに建てようと思ってる。通勤も楽だしね？」

「あ、はい……そうですね……」

――確かに楽は楽だろうけど、ぶっ壊すのもタダじゃないのに……お金持ちの考えることってすごいな……

自分を含めた二人の未来の話。だけど、いまいちまだ実感がない。

「星良はどんな家に住みたいとか希望はある？　全部聞くよ」

「全部……いえ、そんなにないですよ。普通に生活ができればどんな家だって。そこに稔さんがいてくれたら、私はそれだけでいいんです」

本気でそう思っているのだが、私が言ったことで稔さんが激しく照れている。

「星良は……本当に俺を喜ばせるのが上手《うま》いな。……でもわかる。俺も、星良がいてくれれば、他に何もいらないよ」

極上の笑顔で微笑む稔さんに思わず顔が緩む。

出会い方はあんまりよろしくなかったかもしれない。

でも今は、私が変わった人を惹きつけてしまう特異体質でよかったと思った。

そう思わせてくれた稔さんには、感謝しかない。

「稔さん」

「ん？」

「私に拾われてくれて、ありがとうございます」

これに対して、稔さんが複雑そうな顔をする。でもすぐに笑顔になった。

「拾ってもらえてラッキー」

この返事に、思わず笑ってしまった私なのだった。

番外編　俺の天使を捜せ

「起きて!!　しっかりしてください!!」

肩への衝撃と、女性の声で目が覚めた。

——ここは……どこだ……？

「あの。大丈夫ですか!?」

心配そうな表情で女性が顔を覗き込んでいる。

「あれ……私、今まで何を……」

ここは外じゃないか。俺はここで何をしていたんだっけ？

状況が呑み込めないまま、とりあえず体を起こした。ぼーっとしていたら、隣にいる女性から救急車という単語が出てきて、慌てて彼女を見る。

——あ。可愛い。……え？　可愛い……誰だこの子。

不安そうにこっちを見ている女性の可愛さに目を奪われた。

ぱっちりとした目に、小さな顔。こっちを見る不安げな眼差しが男心をくすぐる。

一瞬胸がときめきかけたが、今はそれどころではない。救急車を呼ばれたら大事《おおごと》になってしまうので、具合は悪くないと彼女に説明した。ただ、なぜか足が痛かったのでそのことを漏らすと、彼女が申し訳なさそうな顔で謝ってきた。

「ごめんなさい!!」

——ええ、謝ってくれるの？　……道で寝ていたのは俺なんだから、蹴っ飛ばされても文句は言えないのに……ていうかむしろ、文句を言われてもおかしくない状況なのに。

なんていい子なんだ、と感動していると、彼女がハンカチを差し出した。前髪が濡れているようだから拭いてくれ、と言われる。

——そういや、さっきの女性に水かけられたっけな……

しつこく食事に誘われた挙げ句、親しくもないのに部屋に行きたいと言われ、ない。と答えた。それに腹を立てたらしく、激高《げっこう》してコップの水をかけられたのだ。本当のことを言っただけなのに、えらい目に遭った。

しかし、道端で寝るような俺がこんな真っ白な、汚れのないハンカチを使ってもいいのだろうかと悩む。

使えないまままだハンカチを握っていたら、見かねたのか彼女がハンカチをくれると言った。そしてあろうことか、水とタオルを買いにドラッグストアへ走ってくれた。

——な……なんていい子なんだろう……!!

こんな女性、今までに会ったことがない。

感動しながらももらったものの代金を支払おうと財布を取り出した。でも、最近はもっぱらキャッシュレスだった自分は、現金を持っていなかった。

「しまった……カードと電子マネーしかない……!!」

愕然《がくぜん》としていた俺を見て、彼女は笑ってくれた。

「いいですって。本当に気にしないでください。じゃ、私はこれで失礼します」

――えええええ、何その優しさ……!! それに笑顔かわいいいいいい……!! 超絶かわいいいいい!!

もっと見たいもっと見たい、もっと話したい……!! ぜひ連絡先を教えてほしいいいいい……!!

自分の好みドストライクの女性を前にして、あり得ないほどテンパった。

何か言わなければ。彼女が行ってしまう……!!

帰ろうとする彼女に何か言わなければ。だが、テンパって上手《うま》く頭が回らなかったせいで、せめて名前をとしか言えなかった。

「ただの通りすがりです。では」

「あっ、えっ、あの……!!」

引き留めたいという気持ちはあれど、どんな言葉をかければ彼女は振り向いてくれるのか。

咄嗟《とっさ》にいい文言が浮かんでこない。

――あああああ、行ってしまう……!!

残念ながら彼女は振り向くことなくこの場を去ってしまった。

呆然としながら彼女の背中を見つめる。

一人残された俺は、ただその場に立ち尽くすことしかできなかった。

——な……なんてこった……!!　名前すら教えてもらえなかった……

もし酔っていなければ、普段どおりの自分だったならば、テンパることなく彼女に連絡先を聞けたかもしれなかったのに。

俺は自分の行動を悔いた。

さっきまで寝ていた道路にへたり込む。

本当ならこのまま追いかけて行って、名前だけでも教えてもらいたい。だが、しつこくして怖がらせてしまったら、親切にしてくれた彼女に申し訳ない。

葛藤《かっとう》した結果、何もできないまま終わった。

「通りすがりの……天使……」

そう。俺はこの夜、天使に会ったのだった。


「……長。社長、聞いてますか」

徐々にボリュームアップした秘書の声にハッと我に返った。

そうだ、今は仕事中。ここは執務室なんだった。

斜め上に視線を送ると、怪訝《けげん》そうに顔を覗き込んでいる秘書の有坂《ありさか》がいる。

ずっと執務室に籠《こ》もって仕事をしている俺に、休憩しろとお茶を持ってきてくれたようだ。いつの間にか目の前に湯呑みとお茶菓子が置いてあった。

「悪い。ちょっと意識が飛んでた」

正直に答えると、秘書の有坂が「ええ!?」と声を上げて困り顔になる。

「まったく……いくら忙しいからって、ちゃんと休んでるんですか？」

「言われなくても休んでるって。昨日は……考え事をしててあまり眠れなかったけど」

昨夜は天使のことばかり考えてしまい、ほとんど眠れなかった。

「まったくもう……だから車中泊はやめてくださいと常々……」

ブツブツ言っているこの有坂という男は、両親以外に俺が車中泊をしていることを知っている数少ない人間である。

「眠れなかったのは車中泊のせいじゃない。昨日はちょっと……その、いろいろあってだな」

「わかってますよ。例のお嬢さんと食事だったんでしょう？　まあ、しつこかったですからね、あのお嬢さんは……」

どうやら有坂は、俺が眠れなかった原因が別のところにあると思っているらしい。それならそれで好都合なので、敢《あ》えて訂正はしない。

「……なあ、有坂」

「はい」

「天使って、いると思う？」

俺からの問いかけに、有坂が固まった。

「……まだ寝ぼけてます？」

「いや、ちゃんと起きてる」

断言したら、有坂の眉間に深い皺《しわ》が刻まれる。

「……どうですかねえ……見たことのないものはない、としか言いようが……」

「じゃあ、天使みたいな女性に会ったことってあるか？」

これに対して有坂が目を丸くした。おそらく、俺の口から女性という単語が出たことに驚いているようだった。

「女性。……つまり、自分にとって天使みたいな存在という意味で合ってますか」

「まあ、そんな感じ」

デスクの上で腕を組み、彼の答えを待つ。

「私はないですね。純真無垢《じゅんしんむく》なお子さんとかならまだわかりますが、女性となるとそういった感情はあまり抱《いだ》かないかと」

「いや、でも確かにあの女性は天使のようだった。俺にはそう見えたんだよ」

「……社長、その女性に惚れたんですか」

その言葉に思考が停止した。

——惚れた？　あの女性に？　俺が？

これまではどちらかというと色恋を面倒なものだと思っていた。だから自分から女性に近づいたことなどないし、もちろん惚れたことなど一度もない。

そんなことあるわけない……というか、自分では彼女に対する想いがなんなのか、まだよくわかっていない。ただ、これだけはわかる。彼女は特別だと。

「いやいや、たった一度しか会ってないし。しかも時間にしたらほんのわずか……そんな短時間で人に惚れるなんて……」

「わかりませんよ。一目惚れというのはそういうものらしいですから」

「……そうなのか？」

あれってもしかして、本当に一目惚れ⁇

「一目惚れって、もしかして、一目で惚れるの？」

「だから一目惚れなんでしょうが。何を当たり前のことを」

有坂が呆れる。

――そうだったのか……‼　俺は、あの子に一目惚れしたんだ……‼

ようやく納得できた。

そうとわかったら尚更彼女に会いたい。会って、気持ちを伝えたい。あわよくば彼女を自分のものにしたい。

「それよりも、一体誰に惚れたんですか？　もしかしてうちの社員だったりします？」

「誰……誰、なんだろう？」

「は？」

素《す》っ頓狂《とんきょう》な有坂の声。でも、今の俺はそれに構う余裕がない。

「誰なのかわからないんだよ……‼　俺は……俺は、なんであの時彼女に縋《すが》ってでもいいから名前と連絡先を聞かなかったんだろう……‼　くそっ……俺ってやつは……‼」

彼女のことが気になる。眠れないほど気になるのに、その彼女のことが何もわからない。

これほどもどかしいことがあっていいのだろうか。

数回デスクを叩いてから机に突っ伏した。なんてこった。こんなことならあの時、彼女を追いかけてせめて名前くらい聞いておくんだった。

こんなに自分に苛立ったのは初めてだった。

俺の頭の上から、有坂の「マジですか……」という呟きが聞こえてきた。でも、そんなことよりも今は、このもどかしさをどうやって乗り越えたらいいのか。そのことで頭がいっぱいになっていた。

誰なのかわからない。でも、寝ても覚めても彼女のことが頭に浮かんでしまう。

彼女を諦めることなんかできない。そんなモヤモヤした日々を送っていた。

それが。

忘れもしない、あの日。新会社になってから挨拶《あいさつ》に出向いたある支社で、運命の瞬間を迎えた。

なんと、あの時の女性が俺の目の前に現れたのである。というか、厳密には俺が自分で見つけたのだが。

支社の社員を集めて今後の展望などを話したあと、その場をあとにしつつ社員一人一人に視線を送っていた時だ。忘れもしない、あの夜俺を助けてくれた女性がこっちを見ていたのである。

――っ!!

雷に打たれたような衝撃が走った。

多分、彼女もあの夜の男が俺だと気が付いていた。すぐに目を逸らされてしまったが、間違いない。彼女だった。

「……あ……」

まずい。今すぐ彼女に駆け寄って名前を聞きたい。

だが、支社の全社員が揃っているこの状況でそんなことできるわけがない。明らかに速度を増す鼓動を抑えつつ、この場を去ったが頭の中から彼女の姿が消えることはなかった。

——とりあえず、名前……!!

慌ただしく本社に戻り、執務室に籠《こ》もった。早速社員名簿をチェックし、ついに見つけた。顔写真で彼女の顔を確認してから、名前を確認する。

「森作……星良……せいら、っていうのか……」

——名前可愛い……可愛い……彼女にぴったりだ……

名前と会社がわかれば、あとは行動あるのみ。

とりあえずあの夜のお礼を口実にしよう。そこから関係を深めて、彼女を手に入れる……と。

算段は整った。

彼女が関わるととんでもなく仕事の効率が良い。秘書もびっくりの速さで一日のノルマを終えると、彼女が勤務する支社に出向き、彼女が出てくるのを待った。運良くその日、彼女に会うことはできたが、かなり警戒されてしまい、また逃げられてしまう。

まあ、気持ちはわかる。いきなり自分の勤め先の社長が待っていたら驚くし、怖いかもしれない。

でも、こんなことで諦める気にはならない。やっと見つけた彼女となんとしてもお近づきになりたい。その一心で、毎日支社に通った。

暴走している自覚はある。傍《はた》から見れば完全にストーカーだったが、当時の俺はとにかく彼女にあの夜のお礼をしたかった。もちろんそれだけではないが。

それなのにまさかあんな展開になろうとは。人生とは何があるかわからないものだ。

お人好しで変な人に好かれやすい彼女の性質には驚いた。けれど、自分もそんな彼女に惹かれた人間なので妙に納得してしまった。

――なるほど。だったら、今後は俺だけの世話を焼いてもらえればいい。そのためには……

彼女に近づく男は皆排除する。彼女が心配して、世話を焼くのは俺だけでいい。

そのために彼女を守らなくては。

まさに千載一遇《せんざいいちぐう》のチャンス。これを上手《うま》く生かし、彼女を自分のものにしてみせる。そして、絶対に手放さない。

付き合い始めてもその気持ちに変わりはなかった。

そして今後も、決して変わることはないだろう。

彼女の良さは俺だけが知っていればいい。これからもずっと。

人生で初めて執着するものに出会えた悦《よろこ》びに打ち震えながら、俺は隣にいる彼女に微笑みかけた。

カフェでバリスタとして働く薫は、“男運がない”家系で育ち、自身もヒモ同然の彼氏と別れたばかり。
しばらく恋愛はこりごりと思っていたある日、姉の離婚問題の付き添いで訪れた法律事務所で、イケメン弁護士・真家と出会う。姉の担当弁護士となった真家は、なぜか出会ったばかりの薫に「あなたに惚れています」と愛の告白！ 恋に疲れていた薫は丁重にお断りをした、つもりだったが——真家は全く諦める様子を見せなくて……!?
ちょっと癖あるハイスペック弁護士と男運がない平凡女子の問答無用な運命の恋！

B6判　各定価:704円(10%税込)

色恋よりもお酒を愛するOL、美雨《みう》。彼女はある日、バーで出会ったイケメンだけれど毒舌な央《なかば》と意気投合する。楽しい夜を過ごしたのも束の間、央が自社で“王子様”と呼ばれる御曹司であることが発覚! 偶然にも“王子様”の素顔を知ってしまった美雨は、央にお見合い回避のための“恋人役”になってほしいと頼まれてしまい——…。
“演技”なのにときめいちゃう!? 酒好き女子が腹黒御曹司の溺愛に酔いしれて…♡

B6判　定価：704円（10%税込）　ISBN 978-4-434-28642-1

EB エタニティ文庫

エタニティ文庫・赤

執着弁護士の愛が重すぎる

加地アヤメ

カフェで働く二十六歳の薫。ある日彼女は、出会ったばかりのイケメン弁護士から、突然、愛の告白をされる。驚きつつも丁重にその申し出をお断りした、つもりが——何故か彼・真家は、何度断っても熱烈な求愛を続けてきて⁉　問答無用な運命の恋！

装丁イラスト／藤浪まり

エタニティ文庫・赤

猫かぶり御曹司の契約恋人

加地アヤメ

美味しいお酒が日々の幸せ——という二十七歳の枯れＯＬ美雨。彼女はある日、バーで出会ったイケメンと思いがけず意気投合！　ところが、彼が特大の猫をかぶった自社の御曹司と知ってしまう。その結果、面倒な見合い回避のための恋人役を頼まれて⁉

装丁イラスト／すがはらりゅう

※エタニティブックスは大人の女性のための恋愛小説レーベルです。ロゴマークの色で性描写の有無を判断することができます（赤・一定以上の性描写あり、ロゼ・性描写あり、白・性描写なし）。

詳しくは公式サイトにてご確認ください。
https://eternity.alphapolis.co.jp/

携帯サイトはこちらから！

平凡な日常をこよなく愛する二十九歳の花乃《かの》は、のんびり独身生活を満喫中。そんなある日、法事に訪れた美貌の僧侶・支倉《はせくら》にいきなり求婚され、日常が一転する。どんなに完璧だろうと、出会ったばかりの人と結婚なんて絶対無理…!!　驚いてプロポーズを断る花乃だったが、麗しい笑みを浮かべた支倉に諦める気配は一切ない。それどころか、甘く強引なアプローチは加速して——!?

B6判　定価：704円（10％税込）　ISBN 978-4-434-28511-0

EB エタニティ文庫

エタニティ文庫・赤

誘惑トップ・シークレット　加地アヤメ

年齢＝彼氏ナシを更新中の地味ＯＬ・未散。ある日彼女は、社内一のモテ男子・笹森に、酔った勢いで男性経験のないことを暴露してしまう。すると彼は、自分で試せばいいと部屋に誘ってきて…… ⁉　恋愛初心者と極上男子とのキュートなシークレット・ラブ！

装丁イラスト／黒田うらら

エタニティ文庫・赤

ラブ・アクシデント　加地アヤメ

飲み会の翌朝、一人すっ裸でホテルにいた瑠衣。いたしてしまったのは確実なのに、何も覚えていない自分に頭を抱える。結局、相手が分からないまま悶々とした日々を過ごす中､同期のイケメンが何故か急接近してきて⁉　まさか彼があの夜の相手？　それとも……？

装丁イラスト／日羽フミコ

※エタニティブックスは大人の女性のための恋愛小説レーベルです。ロゴマークの色で性描写の有無を判断することができます（赤・一定以上の性描写あり、ロゼ・性描写あり、白・性描写なし）。

詳しくは公式サイトにてご確認ください。
https://eternity.alphapolis.co.jp/

携帯サイトはこちらから！

この作品に対する皆様のご意見・ご感想をお待ちしております。
おハガキ・お手紙は以下の宛先にお送りください。

【宛先】
〒150-6008 東京都渋谷区恵比寿4-20-3 恵比寿ガーデンプレイスタワー8F
(株) アルファポリス　書籍感想係

メールフォームでのご意見・ご感想は右のＱＲコードから、
あるいは以下のワードで検索をかけてください。

アルファポリス　書籍の感想　検索

ご感想はこちらから

イケメン社長《しゃちょう》を拾《ひろ》ったら、熱烈《ねつれつ》求愛《きゅうあい》されてます

加地アヤメ（かじ あやめ）

2023年 5月 31日初版発行

編集－本山由美・森 順子
編集長－倉持真理
発行者－梶本雄介
発行所－株式会社アルファポリス
〒150-6008 東京都渋谷区恵比寿4-20-3 恵比寿ガーデンプレイスタワー8F
TEL 03-6277-1601（営業）　03-6277-1602（編集）
URL https://www.alphapolis.co.jp/
発売元－株式会社星雲社（共同出版社・流通責任出版社）
〒112-0005 東京都文京区水道1-3-30
TEL 03-3868-3275
装丁イラスト－カトーナオ
装丁デザイン－AFTERGLOW
（レーベルフォーマットデザイン－ansyyqdesign）
印刷－中央精版印刷株式会社

価格はカバーに表示されてあります。
落丁乱丁の場合はアルファポリスまでご連絡ください。
送料は小社負担でお取り替えします。

ISBN978-4-434-32029-3　C0093